Joaquim Carbó

La casa sota la sorra

COLUMNA JOVE

Segona impressió en aquesta col·lecció: octubre del 2005
Projecte gràfic: Columna Group, S.A.

Columna Edicions, S.A.
Avinguda Diagonal, 662 - 08034 Barcelona
ISBN: 84-664-0658-1
Dipòsit legal: B. 41.836-2005
Imprès a Hurope, S.L.
Carrer Lima, 3 bis - 08030 Barcelona

www.columnaedicions.com

Examen d'ingrés

EL POLICIA QUE SEIA AL COSTAT DEL DUANER VA DIR:

—Peter Whitel...!

Quan estava distret, li costava de recordar que aquells noms figurava que eren els seus. Va mirar, indiferent, com aquells homes posaven timbres, gargots i firmes en una de les pàgines del passaport que els acabava de lliurar. Seguí la gent que anava davant seu i, de sobte, després de baixar per la passarel·la del vaixell, es trobà amb un peu a l'Àfrica per primera vegada a la seva vida. Allò era Alexandria. El seu destí era el Caire. No va fer cas del que el rodejava, parà un taxi i es va fer portar a l'estació del tren. Pel camí, el mateix xofer l'informà —amb les quatre paraules que l'home sabia d'anglès— que tot sovint hi havia trens cap al Caire i que segurament podria marxar de seguida.

S'instal·là al tren en un compartiment de primera, molt tranquil, deixant sobre els genolls una cartera de mà, lleugera, on portava les coses més indispensables.

Va ser així que arrencà el tren que, còmodament assegut, tot veient passar cases i més cases, es posà a pensar una mica en la seva situació. No estava ni preocupat ni neguitós, però, més que res, potser se sentia una mica sorprès. «Bé —es deia—, ja som a Egipte, ja anem cap al Caire, però, ara, què més?» Sempre l'havia atret l'aventura, i ara s'hi trobava de ple. Hauria volgut saber on l'enviarien després, tot i que la feina que hauria de fer i la gent amb qui hauria de tractar no l'encaparraven gens. Pressentia que en tot allò hi havia alguna cosa tèrbola, però com que el pagaven molt bé, creia que no valia la pena de pensar-hi.

Sense adonar-se'n, el sacseig del tren l'endormiscà. Començà a perdre la noció del que passava al seu voltant i es reproduïren en la seva consciència els esdeveniments que havia viscut els últims dies.

———

Tot havia començat una tarda, a Barcelona, en sortir del cinema. Plovia i, per no mullar-se, s'havia refugiat en un bar de la Rambla. Després d'asseure's en un tamboret, al taulell, havia demanat un vas de ginebra amb sifó i, distretament, havia agafat el diari. La mirada s'havia clavat en el text d'un anunci. No era com els altres. No era allò de «es necessita meritori», o bé «persona honrada s'ofereix, amb nocions de càlcul i de comptabilitat, per a feina de confiança». No. Tenia un text estrany. Se'l sabia de memòria. L'havia llegit moltes vegades, després. Deia: «Empresa internacional ofereix oportunitat a jove independent; que parli correctament alemany i anglès; que tingui grans condicions físiques; que li agradi el risc; que sigui gran nedador i que estigui disposat a viatjar. Edat màxima: trenta anys. Pes mínim: setanta-cinc quilos. Escriviu al número 2.346 de l'Agència de publicitat».

De seguida havia pensat que ell era la persona indicada per a aquella plaça. Havia tingut intenció de retallar l'anunci, però, com li passava en tantes ocasions, ho havia deixat córrer. Ja no plovia i el carrer l'esperava.

En arribar, ja de nit, havia topat amb el seu germà. Havien discutit. El seu germà...! Ningú no ho hauria dit, que eren germans. Treballava en un banc i mai no s'havia mogut de Barcelona, llevat de quan feia el servei, que havia anat a raure a Figueres... Un noi disciplinat, recte, constant... Un formigueta, havia pensat sempre. En canvi ell... Valia gairebé més no parlar-ne! Als seus vint-i-set anys havia corregut de la Seca a la Meca i les Valls d'Andorra! Tres anys a Alemanya, a Hamburg, on havia fet de tot: des de cambrer a músic, passant per obrer d'una fàbrica de cotxes, delineant i professor de cultura física... Era un rècord fer tot això en tres anys, i més si es tenia en compte que, l'últim any, l'havia passat entre reixes per una discussió amb un mariner en una taverna del port.

I després, també, Anglaterra. Però aquella illa no li deia res. Havia tingut la pega d'ensopegar amb la boira, i allò no era viure. S'hi havia quedat solament uns mesos i havia millorat l'anglès que havia après a Hamburg a la vora d'uns aviadors americans.

Havia tornat a Barcelona. La seva presència introduí el desassossec en els costums de la família del seu germà. Eren... Bé, eren diferents. Massa diferents... Com que no havia portat ni cinc cèntims i en aquella casa no la brillaven prou per mantenir-lo, havia buscat col·locació. Era l'ocasió de treure profit de la seva facilitat amb els idiomes. Havia anat a parar a la Costa Brava, d'intèrpret en un hotel de Sant Feliu de Guíxols... Ja hi havia viscut bé, ja, a Sant Feliu. El clima, l'ambient, tot plegat era força agradable. Però hauria preferit ser-hi en d'altres condicions. Ser client, en lloc de mosso... Aviat se les havia tingudes amb el *maître.* Com que no tenia pèls a la llengua, la cosa havia acabat malament, com sempre que el seu geni es desvetllava: el *maître* havia volat damunt dues taules ben parades, ocupades per clients distingits, els vestits dels quals havien sofert les conseqüències de l'esvalot.

En ser a Barcelona, havia tornat a casa el seu germà, que havia tremolat només de veure'l entrar. L'havien suportat tot l'hivern, mentre els diners arreplegats a la costa havien permès que passés la major part del temps fora de casa. Aviat la convivència s'havia fet impossible. Havien discutit. El seu germà havia dit moltes coses. La que sonava més era, potser, allò de «inadaptat»...

L'endemà no havia sentit el seu germà que sortia cap al banc, a quarts de vuit: feia quinze anys que hi treballava i no havia fet mai tard. S'havia llevat a quarts de deu. La cunyada era a la plaça. Després d'afaitar-se i de rentar-se, buscà alguna cosa comestible. Agafà un tall de formatge i unes llesques de pa. Mentre s'ho menjava, havia trobat a faltar la cervesa... Havia obert *La Vanguardia* de damunt la taula. Havia començat a mirar-la per l'última pàgina. Sempre ho feia d'aquella manera, potser perquè allò de llegir el diari també creia que havia de fer-ho al revés que tothom. Havia topat altra vegada amb l'anunci del dia abans. No havia dubtat gens. S'havia aixecat. Havia buscat per tota la casa alguna cosa per escriure. No havia pensat gaire el text. Sols hi havia posat el que era fonamental: que necessitava aquella feina, que es deia Pere Vidal i que vivia al carrer de la Riereta, a Barcelona, amb la família del seu germà, que eren els seus únics parents i que tenia ganes de perdre'ls de vista.

No li havien contestat, però un parell de dies més tard havien començat a passar coses estranyes. Un vespre, en sortir dels billars de la Gran Via on havia anat a encauar-se per fer temps i arribar a casa quan tothom fos al llit, s'adonà que el seguien en deixar el carrer de Joaquim Costa i anar cap al passatge de Sant Bernat, abans de la plaça. Primer havia vist dues ombres que s'apropaven. Un rar pressentiment li havia fet pensar que anaven per ell. No l'havia sorprès que en ser a la seva altura haguessin intentat agredir-lo. Com que estava previngut, parà el cop i passà de seguida a l'atac. Eren dos homes molt estranys i silenciosos. Era d'un bon tros més fort que els altres dos. Mentre es desfeia del segon amb un mastegot potent, havia clavat puntada de peu a l'esquena del primer, que havia anat a parar per terra a la primera sotragada. L'havia preocupat pensar que podien anar armats, però semblava que no. De fet, li havia estat fàcil de desfer-se'n. Mentre el de terra gemegava, l'altre es portà les mans a l'estómac, adolorit pel batzac, la qual cosa li havia proporcionat l'oportunitat de clavar-li un ventallot a la boca. Els anava a preguntar si ja en tenien prou, però en aquell moment un cotxe pujava lentament pel carrer, contra direcció. Els dos homes corregueren i es ficaren d'un salt dins el vehicle, el qual arrencà a tota velocitat. S'havia quedat amb un pam de nas.

Un altre dia, en un bar del port on matava l'estona, un home que feia l'efecte d'anar força begut li havia fet unes misterioses confidències de negocis bruts relacionats amb el contraban de tabac i d'objectes de joieria. L'home li havia donat una targeta amb el nom i l'adreça, per si necessitava alguna cosa. No en va parlar amb ningú, ni amb la policia.

L'endemà va començar a veure el joc. Havia rebut una carta molt concreta d'aquella empresa internacional de l'anunci, que li enviava un taló de cinc mil pessetes i la indicació que s'acomiadés del seu germà dient-li que se n'anava uns dies de viatge a Tarragona, però manant-li, en realitat, que no es mogués de Barcelona i que anés a parar a un hotel de poca anomenada del carrer de la Boqueria. Que digués el seu nom i ja trobaria una cambra reservada. Així ho havia fet. Però primer havia anat a cobrar el taló. S'havia sorprès de veure que al banc ningú no posava cap obstacle, perquè en el fons havia considerat que allò era una enganyifa. S'havia presentat a casa del germà a l'hora de dinar, els havia tornat les dues mil pessetes que els devia, davant la sorpresa general —ja que creien que no les veurien mai mes—, i s'havia acomiadat fredament. El germà havia intentat donar-li algun consell respecte a frenar els impulsos violents, a veure si podia fer durar més aquella nova col·locació de Tarragona. L'havia deixat dir, rient per dins, i havia sortit amb un incert «a reveure».

No el preocupava l'esdevenidor, però tenia ganes ja d'estar més de quinze dies en la mateixa ocupació. Es penedia de ser violent, de vegades, però no podia sofrir que ningú volgués fer el pinxo a costa seva. Aquella feina, pel que es desprenia de l'anunci, oferia una gran independència. Valia la pena d'intentar lligar-hi. I, a més, hi havia el detallet de les cinc mil pessetes que li havien enviat. És clar que ningú no dóna res per res, però tampoc no es comprometia seguint aquelles instruccions.

Havia viscut un parell de dies a l'hotel. Feia una vida de desvagat. Es llevava tard. Sortia sense esmorzar i prenia un parell de tasses de cafè en qualsevol bar de la Rambla. Comprava algun diari anglès per no perdre la forma i deixava passar el matí assegut en algun local o a la Rambla, mirant la gent que passava. Tornava a l'hotel, dinava, tornava a sortir i, normalment, s'encauava en algun cinema. Estava una mica desorientat. Hauria volgut fer alguna altra cosa. Per exemple, anar un matí, ben d'hora, a l'estadi de Montjuïc a córrer una mica i a llançar el pes, per fer bíceps, però esperava instruccions.

La segona tarda es quedà a l'hotel. Havia descobert en un quiosc una col·lecció de novel·les policíaques en català que desconeixia, i n'havia començat a llegir una. Era molt interessant. Ja no havia tingut ganes d'anar al cinema. Se n'havia anat a la cambra i, ajagut al llit, l'havia llegida d'una tirada. Estava bé, era original...

S'havia adonat que era l'hora de sopar, però decidí primer de sortir a estirar una mica les cames. Passejà fins al monument a Colom, i tornà amunt. Sopà. No sabia què fer: si anar al cinema o ficar-se al llit. Es decidí per això darrer. Pensà que, si no li venia la son, potser encara podria liquidar una altra novel·la.

Havia entrat a la cambra a les fosques. Havia tancat la porta. Havia encès el llum i havia quedat un xic sobtat. Hi havia un parell d'individus asseguts al seu llit. No sabia què dir. Els dos homes somreien. S'havia iniciat un diàleg:

—Em sembla que us equivoqueu...

Un dels dos homes, més aviat ros, amb els cabells tallats molt curts, havia començat a parlar en alemany. L'altre se'ls mirava. Era moreno i, tot i que anava vestit a l'europea, feia la sensació de ser africà, marroquí o algerià...

—No. Sou Pere Vidal i hem vingut a parlar-vos d'allò de la... de la col·locació que heu sol·licitat... Tenim feina per a vós, demà mateix.

—En què consisteix?

—No ho sabem, nosaltres... És cosa secreta...

—Bé, però, com podeu comprendre, no puc acceptar una feina sense saber si m'interessa...

—Cinc mil pessetes.

—Bé, vull dir que voldria saber quina mena de feina és...

—I jo no us puc dir res més que això: cinc mil pessetes. Si no us interessa...

I els dos homes van fer acció d'aixecar-se.

—Home, no us ho prengueu així, però...

Llavors havia parlat l'altre, el moreno. Ho feia en un anglès molt pintoresc.

—Sabem què voleu dir, però no us podem explicar de què va fins que no sapiguem què podem esperar de vós. Aquests dos dies us hem fet una mena d'examen d'ingrés...

En aquell moment tot s'havia aclarit. De sobte ho havia comprès.

—Així, era gent vostra la que em va atacar?

—Sí, i en vau deixar un de ben masegat, però no us ho té en compte. Ja hi està acostumat...

Havien rigut tots tres plegats. El gel semblava que s'havia fos. Però llavors, amb més motiu, havia intentat esbrinar de què es tractava.

Els altres dos tornaren a posar-se a la defensiva. No hi havia manera de fer-los parlar.

—No és cosa nostra... Només podem anticipar-vos que caldrà que viatgeu molt...

—I si no accepto?

—Ho sentirem per vós. Teniu dificultats. No podeu tornar a Alemanya, ni a la Costa Brava... No teniu ofici ni benefici... No voldreu ingressar d'ordenança al banc on treballa el vostre germà, oi?

Ho sabien tot. Va fer una pregunta, l'última:

—I de sou, què?

—Depèn del rendiment. Un terme mitjà normal és de dues mil diàries...

El cor li havia fet un salt. Havia restat impassible, tot i que havia tingut ganes de deixar anar un xiulet. Eren diners, allò! Havia de ser una feina perillosa. Però, on s'amagava el perill? Aquella gent no li deien res, era inútil insistir. Bé, es podria intentar, havia pensat. Sempre seria a temps de recular. Els altres continuaven:

—...que poden augmentar considerablement, segons les feines...

—Però això de cinc mil per a demà, què vol dir?

—És el preu d'un dia sol. Segons com us en sortiu, sereu contractat o no... Forma part de l'examen. L'última prova, ja. Ens interessava parlar-vos personalment per saber què tal estàveu d'idiomes. Us n'heu sortit... Sou fort, no teniu por, sou discret, i parleu correctament... Demà la cosa es decidirà. A les deu del vespre heu de passejar pel port d'Arenys de Mar. Us preguntaran: «Què cal fer?», i respondreu: «Saad-al-Aali». Entesos?

S'havien aixecat. Havien sortit per la porta sense dir cap més paraula. La mà d'ell, en un intent de voler encaixar, havia trobat el buit. S'havia pessigat per saber si somiava o si tot allò li acabava de passar. Abans de ficar-se al llit, s'havia repetit «Saad-al-Aali» unes quantes vegades. Després s'havia adormit.

L'endemà, a les deu en punt, era a Arenys de Mar. La nit era clara i més aviat feia fresca. Feia anys que no hi havia estat. Tot havia canviat molt. Per fi, una carretera de debò evitava la travessa de la població per aquells carrerons tan estrets. Li havien preguntat: «Què s'ha de fer?», i ell s'havia embarbussat contestant: «Saad-al-Aali». La cosa havia estat prou satisfactòria, perquè l'home que tenia davant li havia indicat que el seguís. Havien pujat en una mena de iot i s'havien fet a la mar immediatament. No hi havia núvols i el paisatge des del vaixell era meravellós. Els llums d'Arenys feien pampallugues. De moment, s'havien vist bé tots els edificis, però de mica en mica s'havien convertit en una taca de llum. Uns mariners treballaven a coberta. L'home que l'havia fet pujar li indicà una cabina i un vestit de bany que havia de posar-se. Quan sortí novament a coberta, les màquines havien parat. Del vaixell, il·luminaven l'aigua amb uns reflectors. L'home que manava l'havia engrapat tot assenyalant-li unes coses que flotaven sobre l'aigua. La seva missió era llançar-se al mar i enganxar els deu paquets que suraven a una corda que penjava del vaixell. S'ho havia mirat tot amb una mica de recel, però no s'ho havia fet dir dues vegades. L'aigua era freda, però aviat s'hi trobà bé. S'havia apropat lentament als paquets. Els havia arrossegat d'un en un al iot fins a comptar-ne nou. Un reflector l'ajudava a trobar el que feia deu. Era més lluny. En arribar-hi, però, s'havia apagat el llum i l'embarcació havia fugit en direcció a França. Allò no l'havia preocupat gran cosa. Arenys era a la vista i no li costaria d'arribar-hi nedant, però anava amb vestit de bany... Un cop a terra, ja veuria què faria, però primer calia arribar-hi. De tant en tant, quan una onada l'aixecava enlaire, havia vist les llums del port i les de la carretera. Els vehicles que anaven o venien de Barcelona eren guspires que llampeguejaven uns instants. S'ho havia pres bé, tot i que estava convençut que li havien pres el pèl. A l'entrada del port s'havia adonat que una llanxa amb motor el seguia. Se li havia posat al costat. Va sentir que una veu que no li era desconeguda li deia, en alemany:

—Sembla que portem pressa...

Dalt l'embarcació va trobar els dos individus de la nit anterior. L'havien ajudat a pujar. Li havien donat una tovallola per eixugar-se i després uns pantalons i un jersei gruixut. Els havia expressat el seu mal humor:

—Que ho feu gaire sovint això de plantar la gent dins l'aigua?

Havien somrigut.

—Bé, heu aprovat. A partir d'ara heu ingressat a l'organització. Sou tan bon nedador com ens havíeu dit...

—I si no ho arribo a ser, què? M'hauríeu deixat ofegar?

—Bé prou que us ho hauríeu merescut, per mentider!

Del dia d'Arenys de Mar a aquell que ja era en territori africà, anant cap al Caire, tot havia estat molt ràpid. Massa. Li havien dit que s'estigués el matí següent a l'hotel del carrer de la Boqueria, que esperés instruccions. Li havien donat les cinc mil pessetes en bitllets de cent, nous. I l'havien portat en cotxe fins a Barcelona.

L'endemà li havien telefonat ordenant-li que a les dues fos al Prat, al camp d'aviació. Havia de sortir cap a Groenlàndia. Que no es preocupés de la roba ni de res...

Quan anava a entrar a l'aeroport havia trobat aquell alemany ros. Hi havia contraordre. Sense donar-li temps de reaccionar, ja eren dins el mateix cotxe del dia abans i corrien per l'autovia de Castelldefels a tota velocitat. Pel camí ho havia sabut. Anaven al port. Havia de pujar en un vaixell italià que feia un creuer pel Mediterrani, el *Conte Bianco*. Li havien donat la mateixa maleteta que reposava sobre els seus genolls. Li ho havien explicat tot. Anava a Egipte, fins a Alexandria. Allí hauria d'agafar el tren fins al Caire. Hostatjar-se a l'hotel Cleòpatra i esperar instruccions. Mentrestant, havia de prendre nota que allò de dir-se Pere Vidal havia passat a la història. Es deia, a partir d'aquell moment, Peter Whitel, i el passaport que hi havia dins la cartera anava a aquest nom. La cosa més sorprenent era que la fotografia que hi havia era la seva. En aquell instant, abans de pujar al vaixell, havia pensat que no tenia més remei que acceptar-ho tot tal com venia. La seva documentació havia quedat al iot la nit anterior, a Arenys de Mar. Potser ja no la veuria mai mes. No tenia temps de reflexionar. Ho prenia o ho deixava. A la butxaca sentia les cinc mil pessetes del dia abans. Dins la cartera, junt amb la documentació, hi havia més diners: lires italianes i lliures egípcies. I el passatge de primera classe fins a Alexandria a nom seu, bé, a nom de Peter Whitel, que era, si fa no fa, el mateix...

Exactament d'aquella manera, després d'un viatge de tres dies, amb escala a Nàpols, havia arribat a les costes egípcies. El nom d'Alexandria no li havia dit res. Suposava que era una ciutat fundada per algun Alexandre, el Gran potser, però no tenia ni idea de com era. Per això s'havia sorprès en veure-la de lluny, del vaixell estant. Semblava immensa. Després havia sabut que feia vint-i-vuit quilòmetres de llargària. És clar que, en ser-hi, havia comprovat que era poc ampla. Tota la ciutat era un mirador, un balcó sobre el Mediterrani. Tenia normalment un milió dos o tres-cents mil habitants, però a l'estiu arribava a tres milions, ja que hi anava a parar molta gent del Caire.

Acabà de desvetllar-se quan enllestia la revisió que havia fet, sense intenció, d'aquells últims dies.

Anava sol en un compartiment de primera. El preu, de moment, no li havia semblat car. Però per saber-ho calia comparar-ho amb el que guanyava la gent del país.

Li havien dit que el Caire era a dos-cents cinquanta quilòmetres. S'havia disposat a prendre-s'ho amb filosofia, però l'havia sorprès la velocitat del tren. Era rapidíssim, i més tenint en compte que a les classes inferiors la gent anava penjada de l'estrep i enfilada dalt el sostre. En canvi, ell, a primera, anava tot sol en un compartiment, amb aire condicionat, i molt a la vora del restaurant, on uns cambrers àrabs servien amb tota diligència. Però calia pensar que es trobava a Egipte, el país famós per les piràmides construïdes gràcies al sacrifici de milers d'esclaus, i que els costums, tot i els anys transcorreguts, no havien canviat del tot.

Era a Egipte. Havia deixat Alexandria darrere seu i aviat seria al Caire. On hauria d'anar, després? No valia la pena de pensar-hi, perquè be prou que ho sabria. De moment, a partir del dia d'Arenys de Mar, havia començat a treballar per a l'organització, a raó de dues mil pessetes diàries i despeses pagades. Què diria el seu germà, si ho sabia, ell que, amb hores extraordinàries, punts i subsidis, no arribava a reunir-ne vuit mil cada més? I més, amb una independència tan gran. Allò no era treballar! Allò era viure la vida! Però no sabia quina havia de ser la seva vida a l'Àfrica.

La realitat l'esperava a uns centenars de quilòmetres del Caire, seguint el curs del Nil, per la ruta del desert...

Primera part

El Caire i el Nil

I

Bona vida i piràmides

LA PRIMERA IMPRESSIÓ QUE PERE VIDAL —ÀLIES PETER Whitel— va rebre en posar els peus al Caire va ser desagradable. El viatge havia durat molt menys del que es podia pensar, gràcies a la rapidesa de l'exprés d'Alexandria i, d'una manera especial, gràcies a la temperatura ideal que feia dins el seu compartiment. Però en posar-se en contacte amb l'ambient exterior, el sorprengué una xafogor insuportable. Feia calor de debò tot i ser primavera. S'hi adaptà de mica en mica i començà a caminar cap a la sortida. Uns vailets àrabs, veritables marrecs, bruts i espellifats, el rodejaven per ajudar-lo a carregar l'equipatge, però quedaren decebuts en comprovar que l'estranger només portava una cartera insignificant. Això, però, no serví per aplacar-los, al contrari, ja que començaren a exclamar:

—Un dòlar, un dòlar...!

Volien un dòlar, naturalment. Però no estava disposat a satisfer-los. Els somrigué i amb el cap va fer que no, mentre pensava que estaven ben frescos, aquella colla de galifardeus, si esperaven que els afluixes la mosca. «Tant com costen de guanyar els dòlars», pensava. Però després va riure tot sol en recordar que, a ell, precisament, els diners no li havien costat gaire de guanyar, darrerament. Però sospitava que a partir d'aquell moment, encara que només fos pel clima, bé prou que els hauria de suar...

Aturà un taxi. Recordà que les instruccions parlaven que havia d'anar a l'hotel Cleòpatra, i digué el nom al taxista. Aquest, i la majoria dels altres amb qui hauria de tenir tractes els dies d'estada al Caire, es defensava prou bé parlant l'anglès. L'home era xerraire. Preguntà:

—Turista, oi?

—Sí, uns dies... He quedat sorprès. Primer Alexandria i ara el Caire són dues ciutats que enlluernen, de grans...

—Més gran el Caire! Ja ho crec... Sempre hi he viscut. Com ha crescut la ciutat! Aviat arribarem als quatre milions d'habitants...

Era molt, allò. Un, des d'Europa, no arriba a fer-se aquesta idea. Quatre milions! Força més del doble que Barcelona...

—Ara, aviat, tothom anirà a parar a Alexandria a estiuejar. Bé, tothom que podrà... Això d'estiuejar es costum dels europeus... Ja en sabeu, de viure bé, els europeus, ja!

L'home es recreà conduint a poc a poc, tot i que la circulació era força més fluida que a Barcelona, però semblava tenir interès a allargar la conversa, el monòleg... Pere mirava per la finestreta del Mercedes, un model antic, gran i encara en bon estat. Es veia molta gent pel carrer... Gairebé tothom anava vestit a la manera dels àrabs, amb una túnica que més endavant havia de saber que en deien *galabia* i que era de colors diferents, del blanc al marró, però sempre amb la impressió de bruta. S'adonà que es veien molt poques dones pels carrers, i que, en canvi, eren plens d'homes i de quitxalla que passejaven amb indolència. De les poques dones que circulaven, gairebé totes portaven la cara tapada. Anava a fer-ho observar al taxista, però en aquell instant l'home deia:

—Ja sou al Cleòpatra. Hi estareu bé, em consta... Aquí, amb diners, es viu bé, podeu estar-ne segur...

El taxista no s'havia equivocat. L'aspecte era magnífic. Millor encara per dins que per fora. Agraí el clima condicionat, fantàstic. No sabia per què, però s'havia fet l'efecte que trobaria un hotel de pel·lícula americana, amb ventiladors enormes al sostre movent-se lentament, mentre els clients no paraven de beure refrescos que cada vegada feien suar més. No era així. Tot respirava un gran confort. Tornaren les últimes paraules del taxista: «Aquí, amb diners, es viu bé...». Així ho semblava, al primer cop d'ull. I així es podia deduir que amb pocs diners es devia viure força malament, i que, pel que havia vist pel carrer, no semblava haver-hi gaire gent que en tingués... Es dirigí a la recepció amb una certa curiositat.

—Sóc Peter Whitel —digué, ja fet a la idea que es deia d'aquella manera—. Hi ha una cambra reservada a nom meu... Voldria saber si ha arribat alguna cosa per a mi...

Li van donar un paquet i un *boy* l'acompanyà.

Un cop sol a l'habitació, es dirigí al llit i va comprovar amb el palmell de la mà la qualitat del matalàs. Tot era perfecte. Va fer una ullada al paquet que el *boy* havia deixat damunt la taula. El mirà amb recança. L'obrí. Dins hi havia llibres i un sobre. Mirà els llibres amb curiositat: eren uns manuals d'arqueologia escrits en anglès. Que n'era d'estrany, allò! I si l'havien pres per un altre? A ell, allò de l'arqueologia no li havia dit mai res.

Al sobre hi havia una carta i cent cinquanta lliures egípcies. Calculà mentalment. Anaven a cent quaranta pessetes cada una. Feien, per tant, unes vint-i-una mil pessetes. Estava bé, allò, pensà. Somrigué mentre es deia que en tenia prou per a les primeres despeses... La carta era breu, com totes les comunicacions que havia rebut d'aquella gent. Li desitjaven una bona estada a l'Àfrica, que s'estigués al Cleòpatra fins a nova ordre i que, per no perdre temps, anés a visitar les piràmides i llegís els textos que hi havia al paquet. Que es documentés d'aquell tema, que era interessant per al seu esdevenidor.

Comprengué que no l'havien pres per un altre, perquè els manuals eren de divulgació elemental i, si l'haguessin tingut per un tècnic, ja haurien considerat que sabia tot allò. Es va fer a la idea que havia de llegir-los i intenta fullejar-ne un. Però no estava per lectures i hi clavà només una ullada.

A partir d'aquell moment, Pere Vidal començà la seva vida cairota.

Obeí les instruccions que havia rebut. A més, era agradable fer-ho. Havia de posar-se en contacte amb la ciutat i havia d'estudiar l'Egipte d'ahir a través de les piràmides, que n'eren un reflex. A través dels contactes amb la gent del carrer es faria una idea de l'Egipte d'avui.

Hi havia força eufòria en aquells moments. Tothom parlava d'un fet molt important i transcendent per al futur del país com era la inauguració de la presa d'Aswan. Pere n'havia sentit parlar abans, però va ser allí on començà a fer-se'n una idea més clara. Construïen una gran presa d'aigua, gràcies a la qual s'obtindria una quantitat de vint milions de quilowatts, que era ben bé deu vegades més de l'energia total de què disposava Egipte en l'actualitat. Però no era solament una qüestió d'electricitat. Amb aquest gran embassament d'aigua, les reserves serien de 150 milions de metres cúbics, o sigui, cinc vegades més que la suma de tota l'aigua embassada a Itàlia. Així les zones de conreu augmentarien en tres milions d'hectàrees... Tot això, en xifres, feia una certa gràcia a Pere, i més encara per la cara que feia la gent en explicar-ho. Semblava que eren quantitats que algú els havia fet aprendre de memòria sense que arribessin a imaginar quina traducció tenien en fets concrets i reals... Tres milions d'hectàrees... Què podia ser això? I, de fet, aquella gent força tronada, miserables i tot, què podien esperar-ne?

Pere no comprenia que el Nil havia estat la vida del país. Les aglomeracions urbanes, la indústria i, naturalment, l'agricultura, solament hi són possibles a les vores del riu. Havia contemplat indiferent l'exuberància del delta del Nil així que havia petjat el país, a Alexandria. Les matèries que el riu arrossegava en tot el seu curs, dipositades al delta, n'havien fet un autèntic jardí. Ell només havia pensat que feia bonic de veure les grans extensions plantades de cotó, de blat de moro, d'arròs, de melons... No sabia que aquella era l'autèntica riquesa del país, perquè tampoc no sabia que en aquella terra es feien cada any quatre o cinc collites. I aquell riu que era l'autèntica vida podia ser-ho més encara. Aquella gent somiava la inauguració total de la presa, prevista per a l'any 1968, i que havia de fer canviar l'estructura del país, proporcionant-los noves fonts de riquesa, terrenys immensos que caldria conrear, energia que permetria d'engegar fàbriques noves i importants, i les seves conseqüències: aliments, feina i prosperitat...

Durant la seva estada al Caire, va fer molts quilòmetres. Normalment feia servir un taxi, ja que eren més aviat econòmics i, a ell, ara, no li venia d'una pesseta... Els taxistes van ser en moltes ocasions bones fonts d'informació. La majoria xerraven molt.

També l'informaren els guies que acompanyaven turistes pels barris típics i pel districte de les piràmides, perquè Pere, seguint les instruccions, hi anà l'endemà mateix de l'arribada. Era un matí i feia una calor horrorosa. Les piràmides eren a uns deu quilòmetres de la ciutat, seguint l'autopista.

Aquella massa de pedra li produí una sensació desagradable, especialment quan, després de travessar molts passadissos, arribà al rovell de l'ou, a la cambra mortuòria. Allí dins, l'ambient era gairebé irrespirable. L'aire hauria pogut tallar-se. La suor li queia a raig pel rostre. Abans i després, però, va haver d'engaltar la loquacitat del guia, obsequiós, que deixava anar en un anglès molt divertit dades i més dades que havien d'impressionar els turistes. Junt amb Pere hi havia dues parelles d'americans que feien que sí a tot el que els deia l'home i que, de tant en tant, deixaven anar alguna exclamació: «*Wonderful! Very wonderful!*».

Era curiosa l'admiració que el guia —després de deixar anar xifres i dades— semblava professar per aquells faraons que havien tiranitzat tants milers de persones. Semblava que el fet important, la creació d'aquells monuments que encara calia admirar tants anys després, fos suficient per justificar aquell sacrifici de vides humanes.

Pere tenia ganes de ser lluny, de ficar-se altra vegada al Caire, de passar l'estona a la sala d'estar de l'hotel, amb aquella temperatura tan esplèndida, o bé passejar pels carrerons de la ciutat vella. Però havia de fer la feina que li havien imposat. Seguí els altres fins a dalt de tot. Cap al sud, a l'esquerra, es contemplava l'Esfinx, i a la dreta les piràmides de Kefren i Micerí. A la llunyania es distingien les d'Abusir, Sal·lara i Datxur... i un panorama de sorra, de pols i de calor impressionants. També es veien alguns turistes que, per voler arrodonir el tipisme de la visita, cavalcaven esporuguits i eixancarrats dalt uns inofensius camells.

Després, aquella mateixa tarda, va començar a llegir els manuals d'arqueologia que li havien lliurat. Començà a posar-se en contacte amb el que hi havia de debò en tot aquell embolic de les piràmides dels faraons i del Nil... Començà a comprendre que la visió que en donaven els guies era purament folklòrica...

Hi havia hagut una revolució espiritual que commogué el país entre les dinasties IX i XII, que va fer que el poble arribés al convenciment que tothom menava una vida plena de necessitats materials després de la mort física. Allò era ben curiós. A partir d'aquell moment, ja no van ser només els faraons els qui s'arruïnaven amb la construcció d'un monument funerari. Eren els funcionaris, els comerciants, els artesans, els qui, en vida, començaven la construcció d'una tomba que havia de ser tan luxosa i confortable com els permetien les possibilitats respectives. Així, de les piràmides i els temples, s'arribava a la mastaba, sepulcre en forma de divan i del qual hi havia formes molt diverses.

Pere va sentir que tot allò desvetllava la seva curiositat. Continuava, però, amb el seu escepticisme per l'arqueologia. Li feia l'efecte que excavar i gastar energies investigant les pedres era perdre el temps. Mai no havia sentit cap classe de curiositat científica o intel·lectual, però aquells dies, en trobar-se que havia de llegir aquells temes, no se li van fer tan ensopits com havia pogut creure en principi. A més, era una manera d'omplir el temps que, altrament, potser s'hauria fet massa llarg.

Els matins, sortia i passejava pels barris antics, una autèntica *kashba*, fets de carrerons estrets i tortuosos, amb passadissos inversemblants i cases que es comunicaven pels terrats. Allò sí que ho havia vist al cinema! Se sorprenia de veure tanta gent que tenia ganes de vendre. Les voreres eren plenes de mercaders, arrenglerats en nombre molt superior al dels possibles compradors. La gent del país feia el badoc, regatejava i marxava sense comprar. Els únics que lligaven algun tracte eren els turistes.

Quan es cansava de voltar, parava un taxi i se n'anava a un centre esportiu d'unes dimensions extraordinàries: era una ciutat d'esbarjo. Per un cantó hi havia camps de futbol, pistes d'atletisme, camps de golf, pistes de bàsquet, i unes piscines on era una delícia banyar-se. De l'altra banda dels camps d'esport arribava el xivarri d'un gran parc d'atraccions amb muntanyes russes, cavallets, sínies, voleiadors, etcètera, que giraven i es movien a tota velocitat i amb molt de brogit.

Les tardes, en canvi, les passava en una de les sales d'estar de l'hotel, amb un llibre d'arqueologia a les mans. Era millor que no pas quedar-se a la cambra. Així, si es cansava de llegir, observava una estona al seu voltant, o pensava. Tot i que aquella vida era fantàstica, tot i que no era home de preocupar-se massa, en algun moment es preguntava si allò duraria gaire, i li semblava que tenia ganes de fer alguna cosa més moguda.

Passaven els dies. Feia més d'una setmana que era al Caire. Tranquil de mena, havia oblidat gairebé que havia d'estar alerta, a punt de rebre instruccions. Havia trobat gust a l'ofici de rendista. Vivia com un senyor i no tenia ganes que allò canviés.

A mitja tarda, cansat de llegir, enyorant potser algun amic amb qui poder canviar impressions, se n'anà a fer un volt pels carrerons de la ciutat vella. Es va distreure veient aquell moviment, aquell vaivé de gent que anava amunt i avall, amb vestits de coloraines que els arribaven als peus, amb aquells crits que proferien sense arribar gairebé mai a entendre's ni a posar-se d'acord. En contemplà d'altres que, asseguts a les entrades de les cases, fumaven tranquil·lament amb unes pipes llarguíssimes, deixant passar el temps, com si tot el moviment del carrer no els interessés en absolut...

Era un espectacle fascinant. De lluny, pensava, si allò s'hagués pogut veure d'alguna altura, hauria constituït una meravellosa perspectiva. De tant en tant sorgia un crit d'una torre d'una mesquita i ja els teníeu cap a dins, a fer les seves oracions. Pere ja sabia que a la ciutat hi havia més de mil mesquites.

Després de deixar anar el temps sense adonar-se'n, mirà el rellotge. Era un quart de nou. Feia un quart que hauria hagut de ser a l'hotel, perquè eren molt rigorosos en el que es referia a respectar els horaris dels àpats. Pensà que no valia la pena de córrer i empaitar un taxi, i es va dir que havia arribat el moment d'anar a sopar a la Torre del Gorg, cosa que feia dies que volia fer.

Va seguir tranquil·lament fins a sortir del barri antic, parà un taxi i indicà on volia anar. La Torre del Gorg s'aixecava en una illa que feia el Nil en passar pel Caire i dividir-se en dos braços, que després tornaven a unir-se. S'hi pujava amb ascensor. Pensà que allò era més o menys com el monument a Colom, al capdavall de la Rambla, però aviat s'adonà que era més alt i més majestuós. Dalt hi havia un restaurant molt curiós: era giratori! Assegut a la taula, mentre s'atipava de valent, podia veure tot el Caire al seu voltant. La cúpula girava amb tota suavitat, imperceptiblement; semblava més aviat que fos el paisatge que voltava... Era impressionant! Allò permetia contemplar part del curs del Nil, que semblava platejat pels efectes de la lluna, que lluïa resplendent. De tant en tant, a cada volta completa, apareixia un altre espectacle meravellós. A la llunyania es veien les tres grans piràmides i l'Esfinx —eren a uns deu quilòmetres—, que cada vegada constituïen una sorpresa. Il·luminades amb el prodigi de *Son et Lumières,** de nit eren molt més atractives que de dia, sense aquella sensació d'ofec, sota el sol. Allò era el rovell de l'ou del Caire. De tant en tant, quan aixecava la vista del plat, apareixien els gratacels dels hotels Hilton i Semiramis, que tenien catorze o quinze pisos. I cap al nord, l'edifici de la televisió, molt semblant al de París, d'arquitectura original, tot rodó, i que transmetia emissions per tres canals diferents.

Quan arribà al seu hotel, hi trobà una carta. Era molt breu, com de costum. Deia únicament el més just. Havia d'agafar el tren l'endemà. Un viatge de campionat! Hi havia el bitllet del ferrocarril fins a Aswan i, després, el passatge per a un vaixell que feia la ruta fins a Wadi Halfa, travessada la frontera egípcia, ja dins el Sudan. Pel camí, a Abu Simbel, rebria un paquet que calia retenir fos com fos. A Wadi Halfa hauria d'agafar el tren fins a Khartum, la capital del Sudan, on aniria a parar a The Queen's Hotel. Allí tornaria a rebre instruccions. Dins el sobre hi havia dues-centes lliures egípcies. Hi havia també una mena de carnet de professional de l'arqueologia a nom de Peter Whitel. Vet aquí per què li havien fet aprendre algunes nocions d'aquella ciència! Havia de fer-se passar per arqueòleg... No ho veia gaire clar, però sempre podria tenir una explicació a mà si algú es posava pesat i feia massa preguntes. L'organització se les pensava totes, caram! Estava bé, allò!

* Espectacle francès, orgia de llum i de color, trasplantat a Egipte.

2

Fer-se enrere ja és impossible

El que no estava tan bé, però, era una nota que hi havia al final. Deia: «Acompanyem retall d'un diari barceloní. Ho lamentem molt. Cal continuar endavant i no pensar-hi més». El tros de diari li havia passat per alt. Si no arriba a ser per la nota de la carta, l'hauria estripat amb el sobre. Va posar uns dits dins i el tragué. Parlaven d'ell! El llegí tres vegades abans de comprendre-ho. La policia de Barcelona el buscava! En efecte, allà deia ben clar que buscaven un tal Pere Vidal, la documentació del qual havia estat trobada junt amb les restes d'un carregament de contraban, en un iot robat, a prop d'Arenys de Mar, la matinada del 12 de març...

És clar! Aquella nit, a Arenys! La seva roba havia quedat dalt el vaixell, amb la documentació i la cartera. Després, quan l'alemany i l'àrab l'havien recollit, amb la motora, li havien donat roba que no era seva. L'endemà, amb la precipitació del viatge, i el fet d'haver-li donat un nou passaport amb el nom canviat, no hi havia pensat més. Així, allò havia ajudat a descobrir la seva acció d'aquella nit... Després de veure com havien anat les coses, havia cregut que es tractava d'una altra prova, per saber només si nedava tan bé com ells volien... I, en canvi, s'havia embolicat en un afer de debò. Era curiós que no li haguessin dit res d'allò fins en aquell moment. Ara, naturalment, no podia tornar a Barcelona: el buscaven. Hauria anat a parar a la presó. I era reincident, ja que no solament a Alemanya el coneixien bé, sinó que a Barcelona mateix, feia cinc o sis anys... Bé, no valia la pena d'amoïnar-s'hi. El camí ja era dibuixat.

Tornà a pensar en aquell assumpte, i somrigué en pensar la cara que hauria posat el seu germà en ser interrogat per la policia, ja que el diari deia que la família no havia sabut donar raó d'ell...

Tres dies més tard, quan arribà en tren a Aswan, estava cansat. Ni aquell no era el mateix tren que l'havia portat d'Alexandria al Caire, ni el trajecte no feia només dos-cents cinquanta quilòmetres... Havia travessat gairebé tot Egipte, de nord a sud, i el paisatge havia canviat. És clar que havien seguit, també, el curs del Nil, però que diferent que era d'aquell delta meravellós! Havien desaparegut els boscos de mimoses florides, els camps de cotó, tan blancs, la verdor que imperava arreu. Malgrat l'exuberància que en determinats moments podia tenir el paisatge de les vores del riu o la presència d'un oasi, en tot moment es pressentia el desert. El *jansin** aixecava núvols de sorra que picaven contra els vidres de les finestretes dels vagons.

L'endemà, després d'haver dormit tretze hores seguides, se sentia un home nou. Estava disposat a tot. L'adreçaren a una plaça d'on sortien els autobusos que feien cap a Shellal —un poblat proper a Aswan—, que era el port d'on salpaven els vaixells.

A Shellal, mentre esperava la primera hora de la tarda, que era quan començava el trajecte del *Mirriekh* —aquest era el nom del vaixell—, va tenir temps de veure que la gent es movia amb nervi. Tothom semblava tenir pressa. Tothom tre-

* Vent del desert.

ballava en la presa d'Aswan, encara que allí en parlaven anomenant-la Saad-al-Aali, aquelles paraules que va recordar que havia pronunciat a Arenys de Mar i que havien decidit el començament de l'aventura que vivia en aquells moments. Seria curiós que el seu esdevenidor hagués d'anar lligat al nom d'aquella edificació gegantina.

El temps, a Shellal, va passar amb lentitud. No sabia què fer. Després de dinar, però, el ritme s'accelerà. Havia de complir els tràmits de la duana egípcia. Els funcionaris eren molt meticulosos i posaven obstacles a tothom. Ell no va tenir majors dificultats. Només portava la cartera de mà i una maleteta on havia enquibit la mica de roba que havia comprat al Caire. Així i tot, el van escorcollar. Superada la prova, va passar a un vestíbul on calia esperar l'arribada del vaixell, cosa que succeí aviat.

El *Mirriekh* tenia tot l'aspecte d'una d'aquelles embarcacions que s'han vist tant al cinema americà. D'aquelles que feien la ruta del Mississipí... Un vell remolcador, amb rodes als costats. Calava molt poc i gràcies a això podia apropar-se a les vores del riu, que eren de poca profunditat i plenes de fang.

De seguida, en instal·lar-se, s'adonà que viatjaria força còmode. Hi havia moltes classes en aquell vaixell. Cinc, potser... L'etern problema de les classes a Egipte! Mentre ell, que viatjava en primera, disposava d'una cabina espaiosa, amb lavabo i ventilador, els de cinquena classe anaven apilotats al fons de la bodega junt amb el bestiar —cabres i ovelles—, en un aiguabarreig de pudors i de sorolls.

Començà la travessia. El riu era ample com un mar, especialment perquè en aquell indret es construí la primera presa d'Aswan, cap allà el 1902. Abans, les ribes del riu havien ofert bones collites de tomàquets, mongetes i ordi, però l'aigua de la primera presa ho havia cobert tot i d'aquell temps sols en quedava la presència d'unes palmeres que creixien estranyament fins a cinquanta metres dintre el curs del riu. Entre les palmeres i les vores del riu es movien unes embarcacions que es deien *faluca*, gairebé sense quilla, i que eren com unes xalupes amb un pal alt que mantenia enlairada una vela en forma de triangle.

El viatge es va fer interessant. L'aigua sempre alegrava la vista. Pere s'hi sentia bé. Naturalment, el *Mirriekh* no era el transatlàntic que l'havia portat de Barcelona a Alexandria, però era interessant i, sobretot, pintoresc. La cosa que el divertia més eren les escales que feien a diferents poblacions. Cada vegada es repetia la sensació que a Egipte tothom volia vendre. La gent que esperava al port, només que el *Mirriekh* s'aturava, ja s'enfilaven a bord amb el mostrari del que podien oferir. I ho feien cridant. En vulgueu, de regateig entre mercaders i passatgers! No es venia gran cosa, tampoc, però tots semblaven quedar satisfets només que haguessin pogut treure's del damunt qualsevol objecte o canviar-lo per un altre. Els compradors de la cervesa sudanesa eren egipcis, i els soldats sudanesos compraven galindaines egípcies, aprofitant que encara eren a l'estranger.

Passà la major part del viatge a coberta. L'espectacle era fascinant i... hi passava més airet que dins la cabina. Però calia posar-se a l'ombra, perquè al cap d'unes hores de navegació, a no gaires quilòmetres d'Aswan, travessaren el tròpic de Càncer, i el sol cremava de valent pertot arreu.

Els seus silencis, observador tranquil del lent discórrer del paisatge sorrenc, eren trencats, de dia, pel cant estrident de les cigales i, a tota hora, pel raucar malenconiós dels milers de granotes que vivien entre el fang i el llot de les vores, contemplant indiferents els salts dels xarxets, petits ànecs d'aigua de pit blau, que caçaven insectes sobre els nenúfars.

Aquell territori que flanquejava el curs del Nil es deia Núbia. Els poblats se succeïen amb freqüència a banda i banda. En alguns es veia una certa agitació. Hi havia homes que treballaven: eren les darreres missions arqueològiques que escorcollaven pam a pam el seguit de tombes que s'arrengleraven a les vores del riu i que estaven a punt de desaparèixer.

Indiferents als progressos de la tècnica moderna i a la propera inundació d'aquells territoris, uns pagesos —massa vells per creure en el futur— estimulaven amb un tronc espinós els bous —els ulls tapats amb una tira de cuir— que arrossegaven unes sínies primitives fetes amb una roda de fusta i una vintena de galledes.

Pere contemplava encuriosit els ocells. Les grues, camallargs de plomatge gris cendrós, es traslladaven en grans voladisses. També es veien àguiles marines i una espècie de corbs, que en deien *ashiga*, que volaven arran d'aigua per pescar amb el bec les bagres, uns peixos badocs que es deixaven atrapar fàcilment.

Encara no feia dos dies que navegaven, que van arribar a Abu Simbel. L'entrada era impressionant, presidida pels temples del faraó Ramsès II i de Nefertari, la seva muller. No es preocupà en aquell moment de l'espectacle que oferien els temples. Sabia que el *Mirriekh* feia una parada de mitja hora escassa i que algú havia de donar-li un paquet. Es disposà a passejar per coberta per fer-se ben visible, mentre davant seu se succeïen les escenes inevitables dels venedors que, amb els seus crits, pretenien atreure l'atenció dels passatgers.

Tot anà com una seda. Se li havia apropat un personatge tot estrany, talment un d'aquells venedors, i després de mirar-se'l bé, li havia preguntat si coneixia un tal Peter Whitel. Li havia seguit el corrent. L'homenet li havia preguntat si confiava veure aviat aquell Peter Whitel i que, si era així, li donaria un paquet. Ell havia contestat que tindria molt de gust de complir l'encàrrec. Li havien lliurat el paquet i ell l'havia portat ràpidament a la seva cabina. Quina no seria la seva sorpresa en veure que es tractava d'un conjunt de carpetes que, a primera vista, semblaven plenes de documents arqueològics! Llavors va comprendre que aquell carnet que li havien donat al Caire, que el podia fer passar per un professional, li serviria per portar aquells papers sense atreure l'atenció dels duaners sudanesos, els quals, a diferència dels egipcis, es desfeien en atencions envers els europeus o americans que feien acte de presència intentant salvar els tresors d'aquell país. Les carpetes portaven el seu nom postís a les cobertes, i passarien com a eines de treball. S'estimà més no obrir-les ni assabentar-se de què hi havia dins: així s'evitaria neguits i sempre seria més fàcil demostrar que ell no hi tenia res a veure, si les coses s'embolicaven.

Al cap d'uns minuts d'haver sortit altra vegada de la cabina, el vaixell se separà d'Abu Simbel. Havia caigut la tarda. Damunt els monuments de la família de Ramsès II hi havia una munió de taques que es bellugaven. També començaven a veure's llums que anaven amunt i avall. Eren els obrers, els tècnics, els savis, que amidaven, calcaven i reproduïen, peça a peça, aquells conjunts monumentals.

3

Henry Balua entra en escena

PERE ES REPENJÀ A LA BARANA DE POPA MENTRE EL *MIRRIEKH* s'allunyava. Llavors s'adonà de la bellesa de l'espectacle. Els dos monuments, emmarcant l'entrada del port, eren impressionants. La lluna, indecisa, es filtrava entre uns núvols que s'arrossegaven mandrosament damunt el cap de les estàtues gegantines. Normalment insensible a la bellesa, no va poder reprimir un «que és bonic, això!»... En tombar-se, es trobà de cara a un negre alt, esvelt, vestit amb tota correcció, que se'l mirava somrient. Quan anava a passar-li pel davant, el negre va dir, en català:

—Barcelona és bona, si la bossa sona...

Pere no s'ho podia empassar. Mai no hauria pogut imaginar trobar algú que parlés en català —i més, un negre— gairebé a la frontera entre Egipte i el Sudan. És clar que era un català deficient, però prou entenedor per no poder fer el dissimulat. Es miraren tots dos. El negre reia d'una manera franca i oberta. Era un xicot que potser tenia la mateixa edat de Pere, entre els vint-i-cinc i els trenta anys.

Se'l veia sa, jove, intel·ligent i molt agradable.

Pere pensà ràpidament. Portava passaport de súbdit nord-americà. Com podia justificar que pensava en català? Va dir-se que calia recórrer a la versió que ja havia fet circular pel Caire. Era fill d'un americà, encara que no havia estat mai a Amèrica. Era internacional, tot i que havia viscut gairebé sempre a Barcelona... Sí, allò seria suficient...

El negre se'l mirava, rialler. Es divertia d'allò més de la sorpresa que reflectia involuntàriament el rostre de Pere.

—...Roda el món i torna al Born... Jo, Henry Balua, he seguit els cursos d'estiu a la Universitat de Barcelona... Ha, ha, ha!

Llavors Pere deixà anar el seu historial. El negre obria uns ulls com unes taronges.

—Ah! Així tu no ets català...? És divertit això! Jo no sóc català, tu tampoc, i tots dos parlem català... Ets americà?

Pere també reia, encomanada la rialla per la cara que feia l'altre. Va fer, en anglès:

—Val més que parlem en anglès, que et serà més fàcil. De tant en tant ens esbravarem i en direm una en català, oi?

Com que eren joves, anaven sols, no sabien què fer, tenien temps i els agradava parlar, ja no se separaren. Pere mantingué reserva en allò de què no podia parlar, però es lliurà amb interès a la conversa perquè feia dies que no podia obrir la boca al seu gust. De seguida s'havien tractat de tu.

—Jo sóc sudanès i, segons que diuen, sóc de pura sang *nuer*, o sigui, d'una de les millors races nilòtiques. El país dels meus avantpassats és molt més cap al sud, encara que també havien viscut a Abissínia... Els *nuer* som gent de planures, estepes i pantans... Però jo he viscut fora de la tribu, a ciutat. Jo he tingut la sort d'haver pogut estudiar... Per això un estiu vaig ser a Barcelona... El Tibidabo, les sardanes, la ciutat vella...

Amb un xiulet força hàbil, imità el flabiol quan marca el contrapunt. Pere se'l mirava, divertit. Però el negre continuava:

—...allò va ser quan era més jove. Ara estic lligat de peus i mans. Els qui hem pogut estudiar tenim l'obligació de dedicar-nos al nostre país. Et sorprendrà el Sudan. Avancem, avancem molt, però encara som a les beceroles del progrés. Nosaltres no podem esperar gaire de Saad-al-Aali, com els egipcis, per exemple. Per tant, ens ho hem de guanyar amb el nostre treball. És qüestió de cultura. Ens falten tècnics, professors, metges, homes de ciència... Gent que pugui ensenyar els altres... A Khartum tenim una gran universitat. Allí és on es fabrica el país...

Aquell negre només pensava en els altres. Abans, en canvi, els faraons només pensaven en ells mateixos. Els temps canviaven a l'Àfrica, semblava...

—... he treballat una temporada a Abu Simbel, en el temple de Ramsès II. Ens agrada que hagi de venir gent de tot el món a ajudar-nos, però, si toquem de peus a terra, no podem deixar de lamentar l'existència d'aquella mentalitat que convertí aquests països en presons on sols vivien els més poderosos.

Després es dedicà a explicar una part de la seva feina.

—Aquí, a Abu Simbel, aquests monuments que t'han deixat bocabadat, aviat seran coberts per l'aigua. Es veu que no hi ha res a fer per salvar-los sencers i traslladar-los,* però és esplèndid veure com tot el món, gent de tots els colors i de totes les races, fan un equip que lluita amb la millor tècnica per reproduir, peça per peça, tots els detallets dels monuments. Així, podran reconstruir-se d'una manera total en qualsevol altre lloc, ja que la documentació serà la més completa que es posseeix de qualsevol monument que hi hagi al món. Agraïm ara l'aportació de tothom. Els qui hem pogut estudiar ens fem càrrec d'aquesta bona voluntat. En una època, l'Àfrica va ser un continent obert a tota mena d'aventurers sense escrúpols. Van intentar explotar en benefici propi les nostres mines, la carn dels nostres homes, les bèsties de les nostres selves. Hi ha

* Això succeïa abans de posar-se en pràctica un projecte que ha permès de traslladar intactes aquests monuments a una posició més elevada, fora del perill de les aigües.

espècies animals que estan a punt de desaparèixer... No la volem aquesta gent, no. En canvi, tenim els braços oberts a tots aquells qui vénen a ajudar-nos. A tots aquells qui vénen a treballar, a ensenyar... A aquests, els paguem amb l'agraïment, a aquells amb el menyspreu...

Tot allò sonava molt bé. Pere, però, procurà canviar de conversa. No se sentia còmode. Tot era massa seriós, massa apassionat. En el fons, però, era ell mateix qui no encaixava gaire bé en tot allò. Encara no sabia quin paper havia de jugar en aquell país, però reconeixia que pertanyia més al grup d'aventurers que al dels altres.

En veure uns llums a les vores del riu, havia preguntat què era allò. Henry ho sabia tot:

—És Adindan, l'última població egípcia. Ara entrem al Sudan: aquí ja és casa meva... No sents que es respira millor?

Tots dos havien rigut, perquè era evident que Henry feia broma. El noi continuava:

—Encara persisteix una mena d'odi de país a país. És un sentiment primitiu. Els joves universitaris intentem esborrar les diferències. Ens sentim africans. Mira, els egipcis es riuen del nostre pa. Quan vénen aquí se l'emporten, el pa, en uns sacs lligats als costats dels camells, i se'l mengen al cap de dos mesos de pastat, remullant-lo amb aigua. Hi troben tots els gustos... Si mai t'hi conviden, dissimula... És horrible!

—Ja es veu que tu ets sudanès...!

—Mira, en una altra època, milers d'anys enrere, aquí plovia més sovint. En aquests recs secs que veus, s'han trobat ossos i armes de les que els antics feien servir per caçar les feres que hi anaven a abeurar-se. Ara, junt amb l'aigua, tot ha desaparegut: els homes, les armes, les feres... Tot canvia. Mira, els peixos que es belluguen per aquí sota, cap a les vores del Nil: ja han perdut la facultat de la vista. Es mouen en un ambient tan fosc, tan ple de fang, que no necessiten els ulls. Tenen una mena d'antenes...

Van parlar una mica de tot. Pere esquivava la conversa quan anava a parar més o menys cap als motius de la seva visita a l'Àfrica. No podia fer-se passar per arqueòleg davant Henry Balua, especialista en aquella matèria.

Arribaren a Wadi Halfa a mitjanit, però no desembarcaren. Havien de fer-ho l'endemà al matí, a primera hora. Quan el *Mirriekh* entrà a port, tots dos es retiraren a les seves cabines. Pere s'entretingué una estona fent un paquet amb les carpetes que li havien donat a Abu Simbel. No volia que el negre s'adonés que les portava. Hauria sospitat. Es penedia d'haver-hi parlat tanta estona. Podia ser un parany de l'organització, per provar-lo, pensà... Però això el revoltà. Ja estava tip de misteris! Ell actuava com volia i feia amistat amb qui li semblava. El negre, Henry, era un xicot simpàtic, que tenia la gran virtut de parlar una mica de català... Allò, en aquelles latituds era molt d'agrair! Si l'organització no estava contenta, que donés la cara i ho digués...

De bon matí, Pere sortí de la cabina i anà de pressa a complir els tràmits. Ensenyà el passaport i el carnet d'arqueòleg, i només va rebre somriures per part dels agents. En aquell moment arribava Henry, el qual no va tenir temps de veure el carnet que Pere s'apressà a embutxacar-se. Henry el saludà efusivament. Pere, que havia reflexionat força durant aquelles darreres hores, hauria preferit fer-se fonedís malgrat la simpatia que sentia pel negre, però aquest semblava haver-se fet el propòsit d'ensenyar-li la ciutat. No hi havia manera de defugir-lo. Baixaren del *Mirriekh* plegats. Pujaren en un mateix taxi i es feren portar al Nile Hotel. Pel camí, Henry li demanà que s'estigués un parell de dies més a Wadi Halfa i així podrien fer el viatge plegats cap a Khartum, perquè ell havia de resoldre uns assumptes i en tenia per dos dies.

Henry hauria volgut preguntar-li què era en concret el que havia anat a fer al Sudan i qui era el que l'hi havia enviat. Ho veia tot molt estrany. És clar que Pere era un viatger internacional, pel que deia. Havia recorregut tot Europa, perquè en donava raó d'una manera convincent, però, què venia a fer a l'Àfrica? Henry li havia posat afecte sols en aquelles hores que feia que es coneixien i no podia creure que Pere fos només un aventurer. Era un xicot americà criat a la recordada Barcelona i que havia viscut per tot el món. Si tenia diners —i devia tenir-ne, ja que viatjava a tot tren—, no era estrany que hagués volgut conèixer l'Àfrica. Molts d'altres ho feien. Però se'l veia una mica retret en aquell aspecte. No es deixava anar. Si Pere, en tocar d'esquitllentes el tema, n'hagués parlat sense afectació, amb naturalitat, i hagués dit qualsevol cosa, Henry se l'hauria cregut, però aquell comportament una mica esquerp el posava en guàrdia. No sabia què pensar-ne... Va creure que potser el podria conèixer millor en aquelles hores que faltaven perquè se n'anés cap a Khartum.

Anaren junts al Nile Hotel, on ocuparen cambres diferents. Es rentaren i, davant la insistència de Henry, Pere no va tenir més remei que acceptar de sortir plegats a fer un tomb.

Wadi Halfa era un poblat de cases baixes. Hi havia algunes edificacions que arribaven a tenir dos pisos, però més ja no. Eren de pedra o de rajoles i, en alguns casos, arrebossades de ciment. Tot era ple de botigues de queviures, de barberies, de sastreries...

Van anar, abans de sortir, al taulell de l'hotel, que era l'únic lloc on servien begudes alcohòliques. Així, Pere es posà en contacte amb la cervesa sudanesa, que, ben freda, encara podia passar. També va tastar una mena de xerès de dàtils que no li va dir res.

Com que l'hotel era a dos quilòmetres de la població, van haver d'agafar un altre taxi per tornar-hi. Aviat tot va ser vist. Henry tingué interès que Pere conegués una botiga molt interessant: el Shorbagi Drug Store. El nom era massa ressonant. A can Shorbagi —era el nom de l'amo, un home rialler i cordial—, només es trobava tot el que podia interessar els arqueòlegs, des d'un salacot fins a una escarpra.

Pere s'informà que el tren que el portaria directament a Khartum sortia l'endemà de bon matí. Va reservar bitllet. Henry es lamentà que no volgués quedar-se allí un parell de dies. Parlant, parlant, s'assabentà que Pere, a Khartum, aniria a parar a The Queen's Hotel. Van quedar que s'hi trobarien al cap de quatre o cinc dies.

Van anar a dinar en una mena de taverna on Pere tastà per primera vegada la menja típica del Sudan, el *kebab*. Consistia en unes porcions de carn de xai, rostides a l'ast —enfilades amb una vareta fina— i amanides amb una salsa d'ametlles i d'espècies... Picava d'allò més, i Pere trobà a faltar un bon vi del Priorat, per exemple, per sufocar una mica aquella escalfor. El te que aquella gent prenia a tota hora encara feia enyorar més un bon got de vi...

Havent dinat, Pere intentà acomiadar-se, però el negre no el deixà. Va dir-li que en aquells moments la seva missió era fer-li agradable l'estada al seu país. I que aquella tarda anirien a fer un tomb per les vores del Nil... Ho va haver d'acceptar. No tenia més remei i, a més, allò prometia ser interessant.

Van anar a parar en un edifici que era el quarter general dels arqueòlegs. Pere esperà en una avantsala mentre Henry entrava als despatxos com si fos a casa seva.

—Ja ho tinc! —va dir.

Pere no sabia de què anava, però, pel camí, l'altre s'explicà. Havia aconseguit un permís per utilitzar un dels jeeps destinats als inspectors de les excavacions.

Es ficaren en una mena de garatge, on un guàrdia, a la vista del paper, els saludà i facilità el vehicle. Henry era un bon conductor. Van seguir uns carrers fins arribar al moll on havien desembarcat. Es dirigiren a un lloc on hi havia una barcassa. Al cap d'uns instants, el jeep hi pujava dalt per una passera molt gran. La barcassa era de les que els americans havien fet servir llavors del desembarcament aliat a Normandia, i que al Sudan feia de *ferry-boat*. Així, al cap d'uns minuts els van portar a l'altre cantó de Nil. Henry comentà:

—Com que no hi ha diners per fer un pont, ens hem de refiar d'això.

Aviat van ser-hi, i el jeep es llançà a una cursa per la sorra del desert. Hi havia un camí, una carretera, però quedava dissimulada per la sorra.

Era Henry, naturalment, qui portava la veu cantant. Parlava sense parar i, de tant en tant, quedava un moment suspès, mirant Pere d'una manera estranya, com si volgués saber què pensava.

—Veus, una mica més al sud, aquí mateix, comença la segona cascada...

—Teniu unes cascades molt especials, en aquest país... Allí, a Aswan, no vaig saber trobar-la...

—No. De fet, no són veritables cascades. En diuen així... Però aquesta, la segona, té molt més caràcter que l'altra. En diuen «El ventre de pedra». El curs del Nil, durant dotze quilòmetres, s'esquerda en braços i branques, es torna ràpid, i forma una munió d'illes que destaquen per ser de basalt i de granit...

Pere somrigué.

—Són cascades de tercera categoria, vaja... Pel que veig, penso que hi ha molt de tòpic en el que s'explica de l'Àfrica...

—Què vols dir?

—Un europeu, així, per damunt, s'imagina que això és un país de contrastos fabulosos, de bèsties enormes, de salvatges que estan a punt de menjar-se't el fetge... I, en canvi, trobes cascades que no ho són, mosquitets empipadors, però no ferotges, i negres que parlen en català i s'ofereixen a fer-te l'estada agradable...

—No n'estiguis gaire segur... Ara potser et porto cap a la meva tribu, on fa dies que no mengem carn fresca...

Reien. Queia un bon sol damunt el jeep, que corria hàbilment entre les breus muntanyes de sorra. Passaven, de tant en tant, entre algun grup d'arqueòlegs que treballaven. Un o dos europeus i molts àrabs.

—Els ajudants són àrabs, la majoria. Han vingut d'Egipte. En diem *cuftis*. Alguns d'ells són d'una població que es diu Khurna...

—Ah! Sí, ja sé! És on hi havia els lladres de piràmides! Aquella gent discreta que vivia gràcies a les peces que treien de mica en mica dels monuments...

—Sí! Ja veig que estàs ben informat. Ara són els millors ajudants dels arqueòlegs. Així han trobat feina, que és el que en realitat interessa.

Van estar uns minuts en silenci. Allò era el que Henry hauria volgut per a l'Àfrica: feina. Si la gent de Khurna s'havia dedicat a robar, era perquè no tenien feina o perquè la que tenien era tan mal retribuïda que no els deixava viure. Era cert allò dels tòpics que havia dit l'amic europeu... En circulava cada un! Algú, per exemple, podia permetre's el luxe de dir que els africans eren uns ganduls... Henry l'hauria volgut veure allí, picant pedra, per exemple, a ple sol... I les piràmides, qui les havia construït? És clar que el poble arrossegava les pedres a cops de fuet, però ho havien fet. Resistien i gairebé no menjaven.

Pere deia que sí, de tant en tant, mentre Henry parlava. Es feia càrrec de tot allò, però no podia posar-se al lloc del negre. Es veia que era un idealista. Potser, ben mirat, el seu germà era una mica idealista, també. Allò de no fer mai tard a la feina, de passar amb un sou mínim i mantenir uns principis de dignitat, no deixava de ser-ho. Però els mateixos faraons ja havien assenyalat què calia fer: que cadascú només procurés per ell... Bé calia imitar-los, oi? Si Henry era sincer en tot allò que explicava, caldria saber què en treia personalment...

—I tu, Henry, ja et guanyes bé la vida, després de tot?

Aquella pregunta trencà les oracions de Henry. Va tocar de peus a terra. No sabia què contestar. Allò era sortir amb un ciri trencat. O bé Pere no havia entès el que intentava dir... o ho havia entès massa i creia que hi havia alguna cosa amagada...

—Què vols dir amb això de guanyar-me la vida?

—Home, què et sembla, a tu? Vull dir fer diners, tenir-ne, assegurar-te un futur...

—Ja, ja et comprenc... No, de diners no en guanyo gaires, no... Mira, tinc el sou de l'Estat... Sóc professor, ja ho saps. Però això que dius tu del futur, com vols que hi pensi si no és lligat d'una manera directa amb el meu país? Quin futur puc tenir jo, si el meu país no troba el camí del progrés?

—Home, bé prou que hi deu haver algú que es fa ric, aquí, també!

—Sí... És curiós que hi ha gent, per tot el món, que tenen aquesta obsessió... Tu, sembla que vulguis dir que, com que això es un país tan endarrerit, ple d'analfabets, de salvatges, bé em podria dedicar a fer-los passar per l'adreçador gràcies a la meva educació... Sí, potser ho podria fer, però... Però si jo, en aquest moment que puc fer alguna cosa, per petita que sigui, no la feia i em dedicava a pensar només en mi, tard o d'hora em cauria la cara de vergonya... Vosaltres no ho enteneu. Teniu les coses solucionades, és clar... Encara que a Barcelona vaig sentir dir que també teníeu els vostres problemes, però tu potser no els coneixes... A més, tu ets internacional... Però si de debò ho ets, no has pensat mai que al món, de cada tres persones, dues passen gana?

Van tornar a callar. Henry havia premut l'accelerador i el jeep corria a tota velocitat. Aquella conversa l'havia posat nerviós. Hauria volgut dir més coses, però temia quedar massa exemplar, temia que l'amic no el prengués per un predicador. S'asserenà de mica en mica.

Van passar pel costat d'un poblat nubià. Pere comentà l'aspecte d'aquelles edificacions de fang, tan grans, amb un aire abandonat... Però Henry tenia explicació per a tot:

—Ja no hi queda gairebé ningú. Però els ha costat de marxar. No han conegut altra vida que la que havien menat fins avui, sense cap variació, durant segles i segles. No han acabat de pair que tot això se n'anirà en orris ben aviat, que aquestes cases que s'han transmès de pares a fills seran engolides pel Nil. Més al nord, dins Egipte, ja va passar el mateix amb la primera presa d'Aswan. Va costar, després, de reprendre la vida uns metres més enllà... Però fixa't com ha hagut de ser de dura la vida d'aquesta gent! Ells tenien també els seus regadius que alimentaven amb unes sínies primitives, arrossegades per bous que giraven tot el dia...

—Ja m'hi vaig fixar del *Mirriekh* estant...

—Saben que d'aquí a uns mesos no els quedarà ni un pam d'aquesta terra... Aquesta evolució, però, és necessària. No podem seguir amb els mateixos sistemes de treball de fa dos mil anys. D'aquesta gent, els vells no ho arribaran a comprendre, però hem d'encomanar als joves l'esperit de la vida moderna. Saad-al-Aali farà canviar tot això. No sé què donaria per saber com seran aquests marges d'aquí a cinquanta anys!

Pel camí van encreuar-se amb uns excavadors que treballaven a les ordres d'un arqueòleg francès. Henry el coneixia. Canviaren unes paraules plenes de cordialitat. L'home els explicà que aquell matí havien evacuat a l'hospital de Wadi Halfa un membre de l'equip que havia contret una malaltia que es deia *vilargia*. Henry, després, ho comentà amb Pere:

—És produïda per una bestioleta microscòpica que viu en el fang del riu. S'introdueix al cos pels porus de la pell i ataca directament el fetge. Produeix una cirrosi hepàtica... Pot ser molt greu si no s'hi és a temps.

Pere mirava per terra amb cara preocupada.

—Què et passa?

—Home, miro on poso els peus, no fos cas que un animalet d'aquests...

Van seguir vorejant el riu, en silenci.

4
L'amic i les hienes

Es feia tard. Entre una cosa i l'altra, havien recorregut molts de quilòmetres. El sol havia afluixat i començava a estar-se bé. Aviat cauria la nit i refrescaria. Henry va dir que era una llàstima, perquè eren a la vora d'un poblat interessant. No hi havia més remei que tornar a Wadi Halfa.

En iniciar la tornada, el vehicle roncà. Henry digué:

—Feia estona que això no rutllava...

Parà en sec i aixecà la tapadora del motor. L'observà amb mirada de tècnic. Tornà a pujar i engegà. Sense parar el motor, mirà com funcionava la cosa. Pere, mentrestant, en veure que l'altre tenia feina i que no el podia ajudar, s'allunyà uns metres, seguint la línia d'una mena de rec. El terreny s'elevava una mica. Ja era gairebé fosc. Tenia ganes d'estirar les cames. De sobte, sentí una pudor forta, de cosa podrida. Repel·lia, però la seva curiositat el llançà endavant. Ben de cop i volta, sentí una estranya rialla molt propera. El terra, que era rocós, li tapava els qui reien. Intentà enfilar-se en una roca, relliscà i rodolà un parell o tres de metres. Quan aconseguí d'aixecar-se, tot baldat, es trobà al centre d'aquella fortor. Hi havia per terra les restes d'un xai i uns animals estranys, una mena de gossos, que el rosegaven. Els animals reprengueren aquella estranya rialla en veure'l. S'havien separat en sentir-lo, però tornaren a agrupar-se, rient i ensenyant les dents.

—Hienes! —murmurà Pere, en veu baixa.

Les bèsties dubtaven. Intentà escapar pel lloc d'on havia caigut, però amb els nervis i la paret tan dreta, no hi havia manera de sortir-se'n.

Les bèsties tenien por d'aquella presència i, al mateix temps, temien també que el festí de carn de xai s'acabés. Pere, en veure que no podia fugir enfilant-se, es mogué lentament seguint la línia de les roques, però les hienes van tapar-li la retirada. Reien d'una manera monstruosa. Eren cinc bèsties famèliques, i entre el xai i Pere sabien que tenien menjar assegurat... Només que l'haguessin vist a uns metres de distància bé prou que s'haurien guardat d'atacar-lo, però era dins el seu cercle i havia interromput el tiberi... Havien de lluitar amb l'home encara que els fes por.

Pere pensà que Henry no es devia haver adonat de la seva desaparició, enderiat per l'avaria del motor. Maleí interiorment la pensada de passejar pel desert, Henry que l'hi havia portat i les hienes que ja se'l cruspien amb la imaginació. Posà els músculs en tensió i es llançà pel camí que tapava una de les hienes. L'animal no se separà i ell va haver d'aturar-se. De sobte, pensà que encara podria espantar-les i, de passada, aconseguir atreure l'atenció de Henry. Canvià d'actitud. Es posa a cridar forassenyadament, com un boig. Es movia, saltava i cridava.

—Fora d'aquí, hienes del diable! Henry! Henry! Henry!

Les bèsties grinyolaven i no es decidien a atacar-lo. Reien més fort que mai. Pere pensà que Henry devia ser sord com una tàpia si no el sentia. La situació s'agreujava. Una veu pronuncià el seu nom:

—Peter, Peter!

—Sóc aquí, sota les roques!

—Resisteix com puguis, ja vinc!

Sí, aviat era dit allò. Al diable les hienes i al diable aquell negre, aquell tros de xocolata que es feia dir Henry Balua, que fugia en lloc d'ajudar-lo! On anava, llavors? A demanar ajuda a Wadi Halfa? Ja ho veia ben clar. El negre havia fugit i ell es trobava sol amb les feres. Sol, abandonat...

No pensà més. Continuà gesticulant, cridant, esgargamellant-se.

—Al diable —es deia Pere—, al diable el negre i les hienes! I aquestes rialles! Sembla que encara em prenguin el pèl.

L'acorralaven. Ja eren dues les que es dreçaven davant seu, amenaçadores. Es veia ben clar quines eren les seves intencions. Ara s'agrupaven davant el camí que ell volia seguir. La situació esdevenia crítica. Encara que no se li abraonaven de cop, totes, preveia que això no tardaria gaire. Plantaven cara. Volien brega. Sabien que havien de guanyar. Cridà amb totes les forces i tornà a llançar-se endavant fent anar els braços i les cames. Ja no podria continuar gaire temps bellugant-se tant. Sentí que les dents d'una de les feres li esquinçaven els pantalons. Xisclà...

De seguida, però, se sentí una veu darrere les hienes. Era Henry. Cridava. Volia distreure-les. El bon negre, l'amic que venia a salvar-lo. Cridava:

—Lluny d'aquí! Fugiu, maleïdes! Resisteix, Peter, resisteix!

Allò portà una certa tranquil·litat a Pere. Ja eren dos contra cinc. La cosa seria més disputada. Clavà puntada de peu a la panxa de la que tenia més a la vora i que badava mirant enrere, i cridà ferotgement en sentir-la grinyolar. De sobte, va néixer una claror pel costat de Henry. Pere, tan sorprès de moment com les mateixes hienes, comprengué aviat. Henry portava un bidó de gasolina i n'havia vessat per terra. Després hi havia calat foc. Les feres s'ho miraven, estranyades. Reien, però més fluix. Ja no atacaven. Reculaven. No sabien on mirar. En aquell moment, Henry llançà el bidó a la flamarada i saltà de costat. Al cap d'uns segons se sentí una gran explosió. Les hienes ja en tenien prou. No van resistir més. S'allunyaren amb la cua entre cames.

Pere corregué cap al foc. Donà la volta i trobà Henry repenjat en una roca, panteixant. Tenia les celles i les puntes dels cabells socarrimats. Sort havia tingut del salt que havia fet al moment de l'explosió!

S'abraçaren. Reien com boigs. Caminaren fins al jeep agafats per l'espatlla. Henry deixà anar un gran crit que trencà el silenci de la nit del desert. En arribar al jeep, que era mig arreglat, digué que ho acabarien de mirar en ser al campament de l'arqueòleg francès. L'engegà i el posà a tota marxa.

Pere confessà que les havia passades magres i que li devia la vida. L'altre reia i deia bestieses, tot per treure's importància, però Pere, que havia tingut les dents de les hienes a dos dits del nas, no volia deixar de parlar-ne.

Al lloc del francès no hi havia ningú. Es desviaren fins a un poblat nubià. Baixaren del jeep i entraren en una casa de fang. Henry explicà alegrement què havia passat, però Pere volgué que constés que l'altre li havia salvat la vida. Es posà tan pesat, que Henry li digué:

—Però si és igual! Tu hauries fet el mateix, oi?

I Pere, després de dir de seguida que sí, hi pensà una mica. No sabia què hauria fet en aquells moments, si hagués estat al lloc de Henry. Allò no es podia dir mai...

L'infermer de la colla el va atendre. De fet, anava ple d'esgarrinxades que s'havia fet en caure de les roques, però les hienes no havien arribat a mossegar-lo. Havia estat de sort, ja que li haurien hagut d'injectar unes vacunes molt fortes, perquè les hienes sempre roseguen matèries en estat de putrefacció. Els van fer rentar amb l'aigua que hi havia en una mena d'àmfores. Era del riu i semblava neta, tot i que al fons s'havia recollit un pòsit considerable. Mentrestant, havien fet bullir aigua per al te i els en feren prendre un bol enorme. Pere demanà alguna cosa més forta... El francès parlà amb un dels *cuftis* i picà l'ullet a Henry. De seguida tornà l'àrab amb una ampolla d'un líquid grogós. N'omplí un parell de vasos i els oferí als dos joves. Pere se'l begué a poc a poc. No estava malament... Henry no va ni tastar-lo.

—Si vols, beu-te'l tu...

No s'ho va fer dir dues vegades. Portava alegria, reconfortava. Després, en acomiadar-se, Henry li explicà que allò es deia *maritza*, una mena d'aiguardent que algú —no se sabia qui— feia clandestinament amb els dàtils de les palmeres. Només en bevia la gent que tenia un estómac de categoria, ja que cremava de valent. Va comentar que la *maritza* era un altre dels enemics de l'Àfrica. Un enemic que alguns blancs havien introduït per pertorbar la vida dels africans sense voluntat.

No van parlar gaire pel camí de tornada. La nit era fosca com una gola de llop i Henry havia de conduir amb molta atenció. A més, Pere anava un xic enterbolit per aquell *maritza,* que era més fort del que havia pogut imaginar. Encara li semblava tenir els ullals de les hienes frec a frec del seu nas...

Van arribar a Wadi Halfa. Deixaren el jeep al garatge i es feren portar a l'hotel amb taxi. Tothom s'estranyà de veure'ls arribar tan atrotinats —sobretot Pere—, els vestits esquinçats i la cara que acusava la mala estona passada. El conserge els mostrà interès i Henry ho explicà amb quatre paraules. L'home comentà:

—Heu tingut sort que fossin hienes... Pitjor hauria anat si haguessin estat homes... No fa gaire temps que un parell d'alemanys que venien d'Abu Simbel amb cotxe van caure en una emboscada que els preparà el mateix guia... Se'ls van carregar tots dos!

—Home —replicà Henry—, no m'espanteu l'amic. Faig tots els possibles per fer-li estimar el país, i si li expliquem això fugirà de seguida!

Van deixar el conserge, que deia, entre dents:

—Sí, tot el que vulgueu, però cal malfiar-se del desert...!

Els dos xicots van marxar cap a les seves cambres. Es trobaren més tard al menjador. Van sopar plegats. Com que tenien bona gana i el menjar era passador, s'hi abocaren de valent. Al cap d'uns moments, apaivagada l'embranzida inicial, començaren a parlar de les emocions d'aquella tarda. Henry somreia:

—I això no ha estat res. Tot plegat, eren hienes... Ara imagina't si ens trobem aquelles feres tòpiques... Què hauríem fet davant cinc lleons?

—Els papers haurien canviat. En lloc de tenir ara, nosaltres, teca dins l'estómac, els lleons ens portarien a nosaltres dintre seu...

Van fer broma comentant si haurien preferit haver-se-les amb un lleó o amb un elefant o amb una serp, fins que acordaren preferir tenir al davant un bon plat de *kebab*, encara que fos de xai vell...

5

Henry dóna un consell

LA CONVERSA ES TORNÀ SERIOSA EN PRENDRE CAFÈ, ASSEGUTS en unes poltrones. Henry s'atreví a exposar uns dubtes que no el deixaven tranquil. Buscà que Pere li fes confidències:

—...i demà tu marxaràs cap a Khartum. Suposo que allí ens veurem. En tinc ganes, Peter. He sentit molt d'afecte per tu des que et vaig conèixer, ahir, al vaixell... Ets decidit, simpàtic... Pot ser que jo tardi més de dos dies a venir o que m'enviïn a un altre lloc...

Pere canvià de cara. Veia on volia anar a parar el negre. I ara no podia dissimular de la mateixa manera que abans. Hi havia hagut allò de les hienes. Henry no es mereixia una mentida ni un arronsament d'espatlles... Però el negre continuava:

—Potser no ens veurem mai més. Des que et conec que tinc ganes de fer-te unes preguntes per satisfer la meva curiositat. Em diràs que sóc un xafarder i serà veritat. També tens tot el dret de no contestar-me... Què has vingut a fer aquí, al Sudan?

Van transcórrer uns segons de silenci. Pere sentí que el cor li bategava amb força.

—Ets ric, Peter? —preguntà altra vegada Henry en veure el silenci en què havia quedat.

—No...

—Doncs sembla que ho siguis... Vius bé, viatges en primera... Se't veu que tens diners o, si més no, que en fas anar... Qui et paga, Peter?

Pere començà a parlar. Se n'anava d'una cosa a l'altra. No podia comprometre ningú, ni, si ho volgués fer, tampoc no hauria pogut perquè no coneixia ningú dels qui el dirigien. I no podia explicar el procés que l'havia portat a l'Àfrica. Allò sí que era un secret.

—Sóc... sóc un aventurer... Ja saps, he treballat a Alemanya, a Anglaterra, a la Costa Brava... No estic content enlloc. Em barallo de seguida. No sé quina feina he vingut a fer aquí. He de trobar algú a Khartum. M'hi han enviat. Tenen feina per a mi. Crec que es relaciona amb un hotel que han d'inaugurar... No tinc diners, no. Ara faig anar els que m'han donat per posar-me en camí. Sé qui m'ha avançat els diners a Barcelona. És amic, un bon xicot. Però no sé qui em pagarà a Khartum. Sé que m'espera a The Queen's Hotel. Res més...

Aquella barreja de mentides amb veritats havia sortit amb un to de sinceritat que impressionà Henry. Però no aclarí els seus dubtes. No es contracta la gent d'aquella manera. Un, per aventurer que sigui, no surt d'Europa fins a Khartum sense saber quina feina l'espera. Caldria vigilar Pere. Potser anava a ficar-se en un embolic del qual seria interessant treure'l.

—Ja t'he dit que si no volies parlar, no havies pas de fer-ho... Has dit que eres un aventurer... Ara falta saber si seràs un bon o un mal aventurer... A mi, per principi, no m'interessen... Vull una altra mena de gent... Ja et vaig explicar ahir que el nostre continent, el nostre país, no ha tingut sort amb la gent que, de fora, ha vingut a arreglar-nos les coses... Nosaltres tampoc no ens hem sabut entendre. És allò dels faraons... Després, homes sense escrúpols ens han robat les riqueses naturals i les han explotades només per al seu bé, sense aixecar-nos el nivell de vida, interessats que continuéssim en un endarreriment de segles... Però avui aquests homes ja no tenen res a fer, aquí. Els coneixem i els escombrem. No volem gent que vingui a enriquir-se: volem que vinguin a purificar-se per l'esforç del seu treball. Si tu, aquí, véns a actuar com una persona honrada, no podràs fer-te ric. Per això et demano que si és així, tornis a casa teva. Aquí, les poques riqueses que hi ha les necessitem, però no individualment, l'un o l'altre, sinó per fer anar el país endavant, tots. Els negres de les tribus que moren quan tarda massa a ploure, els habitants del desert que pateixen fam i set, els qui viuen al voltant de les ciutats i no tenen sostre... Fer-se rics a costa d'aquests i dels qui moren sense haver pogut aprendre a llegir i a escriure, dels qui moren per falta d'un medicament, dels qui moren sense arribar a saber que en aquest món es pot fer alguna cosa més que no sigui patir i passar gana, és una vergonya... A més, ara ja n'estem tips. No estem disposats a tolerar-ho...

Es posà més seriós encara. La veu se li enfosquí. Aquelles paraules que seguiren eren dures, tallants. Traduïen una decisió extraordinària:

—Ja t'he dit abans que el que he fet aquesta tarda no és res d'especial, però tu has insistit que m'estaries agraït tota la vida. Pensa en això: la millor manera d'agrair-m'ho és fent que no m'hagi de penedir mai d'haver-te salvat... Em comprens, oi?

S'aixecaren tots dos. Es van mirar a la cara. Pere, emocionat, abraçà Henry i li va dir:

—T'ho prometo, Henry, amic meu...

Es van acomiadar havent-se assegurat que es tornarien a veure a Khartum.

Pere estava cansat. En ser a la cambra, s'ajagué al llit sense treure's ni les sabates. S'endormiscà de seguida. Es podia sentir la seva respiració, una mica nerviosa.

De sobte, es despertà. Es trobà assegut al llit. Estava aixafat. Tot el cos li feia mal. De moment, no sabia on era ni què feia allí dins. De mica en mica recordà. Llavors les paraules de

Henry, les darreres, es repetiren amb tota nitidesa: «... que no m'hagi de penedir mai d'haver-te-la salvat...». I després les tres preguntes: «Què has vingut a fer aquí, al Sudan?», «Ets ric, Peter?» i «Qui et paga?».

Ni ell mateix no podia contestar-les, llevat de si era ric. No ho era, però tenia ganes de ser-ho. Si continuava amb l'organització, potser ho seria... Però, quina seria la seva feina? Viatjar? Viure còmodament en hotels de primera? Qui era la persona que el pagava tan esplèndidament? Qui era i què esperava d'ell?

Fins aquell moment no s'havia formulat aquelles preguntes d'una manera tan concreta. De mica en mica, s'havia trobat embolicat i, més aviat, era una sensació agradable. Era viure l'aventura, però una aventura molt ben retribuïda. Si pagaven bé, la resta no tenia interès. Però en aquells instants, a la nit, assegut al llit d'una cambra desconeguda, tot allò apareixia molt clar. Ell no havia anat a fer res de bo a l'Àfrica. Pertanyia a una organització perillosa. Molt més perillosa que els ullals que havia tingut tan a la vora feia unes hores. Hi havia l'assumpte d'Arenys, que havia acabat malament. Ara ja no podia tornar a casa, a Barcelona. No podia recular. A més, portava al damunt el paquet que li havien donat a Abu Simbel. No sabia de què anava tot allò. Era ple de documents, de plànols... Podia ser perillós, també... Què esperaven d'ell, aquella gent?

Si no hagués estat per Henry Balua que li havia salvat la vida, no s'hauria repetit aquelles preguntes. S'hauria arronsat d'espatlles, perquè a ell no el preocupaven en absolut aquells negres que passaven gana. Ja podien espavilar-se, si volien. Allò no l'afectava. No era un idealista, com l'amic Henry. La vida l'havia tractat molt malament. Estava disposat a continuar endavant si això li havia de permetre de guanyar-se bé la vida. Però, de quina classe serien els serveis que havia de prestar? Tot tenia un límit... Hi havia perill. Allò mateix d'Arenys podia ser un parany, i el paquet de documents d'Abu Simbel podia ser un altre llaç de l'anella que el voltava i que l'empenyia, Àfrica avall, cap a l'equador. Què havia perdut, ell, al cor del continent negre? Però, també, no era millor allò que qualsevol altra ocupació en alguna de les costes Brava, Blava o Groga? I si el que l'organització esperava d'ell era evitar el progrés dels negres? Com quedaria amb Henry?

Estava cansat. Molt. Per això pensava tant. Es va fer enrere. Repenjà el cap al coixí. Es va dir que potser mai més no tornaria a veure Henry i que potser la feina que anava a fer era ben constructiva. I què tants romanços! Havia de prescindir de tot allò, ell! Era absurd passar la nit barrinant sense treure-s'ho del cap... Encara no sabia què passaria. I que passés el que passés, que se'n sortiria com sempre s'havia sortit de tot... Però hi havia la promesa... I hi havia Henry... I tenia son... I les hienes volien mossegar-lo i una explosió les feia fugir, una explosió violenta que feia cremar la sorra, i Henry reia, i Henry l'amenaçava, i Henry cridava, i Henry l'assenyalava amb un dit enorme, terrible, i deia:

—Qui, Peter, qui, qui, qui...?

Segona part

La casa sota la sorra

I

El Senyor Ti i la seva ciutat

EL VIATGE DE WADI HALFA A KHARTUM VA SER MOLT PESAT. Pere estava baldat per la caiguda del dia abans i pel neguit d'aquella última nit que havia passat gairebé en blanc. El primer dia de viatge, tot li feia mal. Estava nerviós i macat de tot arreu, però, com que era fort de mena, l'endemà ja es trobà millor. Va menjar amb bona gana i engegà les preocupacions a escampar la boira. S'entretingué contemplant el paisatge, que si, en un principi, en travessar el desert de Núbia, era sempre igual —sorres i dunes—, ara, en trobar altra vegada el Nil, adquiria vivacitat i, a estones, fertilitat. El cotó ocupava la major part dels conreus, com a Egipte.

Si bé el primer dia no estava d'humor per a conversar amb la gent que compartien el mateix racó de tren, l'endemà s'introduí d'una manera discreta —per estalviar preguntes— en la xerrameca inacabable d'un parell d'individus que xampurrejaven l'anglès. Es parlava de la transformació d'aquell país. Pere va deduir que allò era molt salvatge, per no dir que ho era del tot. Sentí parlar per primera vegada del Nil Blau. Era un dels braços del Nil que, a Khartum, s'ajuntava amb el Bahr-el-Abiad o Nil Blanc i constituïen un únic curs fins al delta del Mediterrani. Els sis-cents quilòmetres que el Nil Blau corria des del llac de Tana, ja en territori abissini, fins a Khartum, eren pràcticament impossibles de navegar i de reconèixer. Solament amb helicòpter i amb moltes precaucions era possible d'apropar-s'hi per fer-ne un reportatge gràfic. L'aire, tocant el riu, era irrespirable, ple de mosquits de fiblada mortal en el millor dels casos, ja que, si no mataven, feien tornar cec, paralític o boig. Era un paratge, segons que deien aquells individus, d'un primitivisme esborronador. Sols hi tenien vida, a més de les legions de mosques i de mosquits, animals tan durs com la pedra: cocodrils, serps gegantines, escarabats, llangardaixos i alguna àguila...

En arribar a Khartum, no el van deixar ni respirar. Quan anava a sortir de l'estació del tren i fer-se portar amb taxi a The Queen's Hotel, aparegué un home blanc, jove, ros, amb els cabells tallats gairebe al zero. Va dir:

—Peter Whitel?

Pere va fer que sí amb el cap. L'home se'l mirà de cap a peus. Va clavar una ullada a l'equipatge i, en alemany, digué:

—Heu de seguir-me.

Va agafar el paquet de documents arqueològics, i Pere, estranyat, es disposà a creure'l. Van pujar en un cotxe i travessaren la ciutat en direccions diferents. Li va semblar que alguna vegada passaven pel mateix lloc. Semblava que volien despistar algú. El xofer mirava contínuament pel mirallet retrovisor. Sortiren a una carretera. Els altres dos homes canviaren unes paraules en veu baixa. No els seguia ningú. Van refer el camí. En veure'ls tan seriosos, no gosava dir res, tampoc. Per fi arribaren en un camp d'aviació. Van anar cap a una dependència molt luxosa, una mena d'aeroclub, on es llegia un cartell que deia que aquell racó del camp era destinat únicament als amics de l'aviació *amateur*. Pere pensà que en aquell país bé prou que hi devia haver milionaris, si hi havia gent que podia permetre's aquells luxes... Continuà darrere l'alemany, el qual deixà el xofer enrere i es ficà dins un hangar. Hi havia una avioneta amb el pilot a punt. Van fer-lo pujar dalt i després entrà l'alemany que l'havia anat a rebre. Quan l'avioneta estava a punt d'engegar, Pere recordà:

—Ei, escolteu! Tinc ordres d'anar a The Queen's Hotel!

—Han estat anul·lades. Ara et portem a la teva destinació. Has de donar-me el rellotge.

S'impacientà, però l'avioneta ja començava a enlairar-se. Era inútil discutir. Es va treure el rellotge i l'hi donà: l'home va aixecar la roda i començà a fer voltar les broques, de manera que no marqués l'hora que era. Se'l posà a la butxaca. Pere intentà parlar:

—Em sembla que heu de donar-me una explicació de tot el...

No va continuar, perquè els dos alemanys se'l miraven inexpressius, com si no el sentissin. Decidí callar, posar-se a l'aguait i veure-les venir.

Va passar l'estona. No estava gaire acostumat a viatjar amb avió. I encara menys amb un avió tan petit. El brogit del motor, el reflex del sol sobre les ales i la suavitat de la marxa, junt amb la son endarrerida, l'ajudaven a endormiscar-se. Pensava, pensava i donava voltes a aquell misteriós assumpte. Semblava, ara que estava a punt d'arribar al seu objectiu, que el tractaven durament després d'haver-lo peixat tots aquells dies.

Havien passat unes hores, segurament, quan l'alemany li digué que havia de tapar-li els ulls amb un drap. Pensà que valia més obeir. Anava llançat per un pendent i no podia aturar aquella marxa. Calia observar i callar.

De sobte, tingué la sensació que perdien altura i, al cap d'uns moments, notà que l'avioneta tocava terra i que saltava breument, que la cursa es feia regular, fins que s'aturà. A continuació se sentí un soroll força estrany, com un grinyol metàl·lic, i al cap d'uns segons l'avioneta tornà a engegar-se, però sense volar, a poc a poc, damunt la sorra.

De seguida van treure-li la bena.

Va tardar uns segons a fer-se càrrec del que veia. I encara, de moment, no comprenia res. El van fer baixar de l'avioneta. Es trobava en el que, de moment, va creure que era una mena d'hangar. S'hi estava bé. Feia una temperatura agradable, que aviat va poder comprovar que era artificial. Al costal d'on havia quedat l'avioneta n'hi havia d'altres i alguns helicòpters, com també uns camions i jeeps. Al centre de la nau hi havia una mena de construcció de vidre i alumini, que arribava fins al sostre: tenia tot l'aspecte de la torre de control d'un camp d'aviació. Dins, hi treballaven uns homes. També hi havia una mena de soldats que feien guàrdia, vestits amb un uniforme desconegut. No es veia cap porta. Això desvetllà la seva curiositat. Mirà enrere i buscà el camí que es pensava que havia fet l'avioneta per ficar-se allà dins. Va veure una rampa suau que, de mica en mica, arribava fins al sostre. Tot era molt estrany. Caminaren uns minuts fins que arribaren davant una mena de porta. Va creure que per allí sortirien fora, a la llum del dia, al desert segurament, però quedà astorat després de travessar-la i veure davant seu un seguit de passadissos que semblaven uns carrers. La llum era indirecta i sorgia de racons impensats de les parets i del sostre. Enfilà, sempre dirigit per l'alemany que l'havia anat a esperar a l'estació de Khartum, un d'aquells passadissos. No era ample com un carrer, però feia ben bé la sensació de ser-ho. De tant en tant es veia una porta, ara a la dreta, ara a l'esquerra.

No comprenia res fins que, de sobte, per una estranya impressió, es va convèncer que era sota terra, en una ciutat subterrània. Malgrat la temperatura, la llum —gairebé natural— i l'aspecte dels passadissos, un sisè sentit li va fer experimentar una lleugera sensació d'ofec, d'angoixa. Com si el sostre que tenia al damunt —que era només a uns tres metres del sòl— hagués de caure i d'esclafar-lo. No va tenir temps de fer més especulacions, perquè l'alemany ja el cridava:

—Passa, que t'esperen...

Entrà en una d'aquelles portes laterals. Un cop la travessà, va creure ser en un altre món. Hi havia una saleta amb mobles funcionals, amb les parets decorades amb motius egipcis i fotografies monumentals de les piràmides i d'altres temples que li eren familiars per les lectures del Caire. Cada vegada sabia menys de què anava tot allò. En un racó de la saleta, assegut en una taula, treballava un home, ros també i amb els cabells molt arranats, com els de l'alemany que l'havia anat a buscar. Els dos homes van canviar unes paraules. El que seia a la tauleta engegà un aparell que hi havia al damunt, entre uns papers, i digué:

—Senyor, ha arribat Peter Whitel...

Una veu sorgí bruscament de l'altaveu per dir:

—Que passi!

Pere travessà la porta i entrà en un despatx. Sorprenia trobar un despatx tan modern en aquell racó de món. Tot era fet seguint els últims criteris de la decoració funcional. Però, amb el fons pintat de blanc, tots aquells mobles, tan rectes, tan metàl·lics, produïen una sensació de fredor. Va sentir una lleugera esgarrifança en notar sobre seu la mirada també glaçada d'un homenet que hi havia assegut en una espècie de taula llarga, quadrangular. L'homenet no estava sol. Tenia al costat un parell més d'individus que també se'l miraven.

—Has tingut bon viatge, Peter Whitel? Bé, vull dir, Pere Vidal?

Quan anava a contestar, l'home ja prosseguia:

—Aquí podràs fer-te dir com vulguis, encara que val més que mantinguis el nom que figura al passaport. Entesos?

Pere va fer que sí amb el cap. Per fi semblava haver arribat a l'últim graó de l'organització. Ara sabria exactament quina havia de ser la seva feina... L'homenet somrigué d'una manera especial i, com si hagués endevinat els seus pensaments, digué:

—Ara tens ganes de saber on ets i què has de fer...

I obrí una carpeta que tenia davant seu. Va donar una mirada distreta a uns fulls de paper... Era l'expedient de Pere.

—Bé. Ets de Barcelona, tu... Però ara no pots pensar a tornar-hi per allò d'Arenys... I tampoc no pots tornar a cap ciutat sudanesa o egípcia. Et busquen per haver passat d'amagatotis uns plànols i unes reproduccions dels temples de Ramsès II. Els portes, oi?

D'esma, allargà el paquet. No entenia què passava. L'home, mentre feia obrir les carpetes per un dels qui hi havia al seu costat, va dir:

—Sí. Han sospitat de tu, de seguida. Han verificat en un registre que existeix a Khartum que no hi ha cap arqueòleg anomenat Peter Whitel.

Pere començava a comprendre. Va dir:

—Ja entenc per què no m'heu deixat arribar a l'hotel...

—T'hi haurien pescat de seguida... No sabem què has fet per desvetllar sospites. Has parlat de la teva missió amb algú?

—Si no sé quina és la meva missió! Però hi ha alguna cosa: en el *Mirriekh* vaig conèixer un negre que va pujar a Abu Simbel. El noi se'm va arrapar de mala manera. A Wadi Halfa vam parar al mateix hotel. Em va portar a passeig amb un jeep. Vam tenir un accident. Em va salvar la vida... Era un element estrany. Parlava del seu país amb un fervor especial. Després, al vespre, abans de separar-nos, em va interrogar obertament sobre què havia vingut a fer... No em va treure res més fora de dirli que era un aventurer...

L'homenet continuà, llavors:

—...i, naturalment, el teu amic, el negre, així que vas marxar a Khartum devia demanar informació de tu. T'esperaven a l'hotel. Bé, no pots tornar a Khartum: tu mateix ho veus clar, oi?

Un dels altres dos individus parlà:

—Són autèntics, senyor! I hi són tots! Quan Saad-al-Aali pugi, encara no hauran tingut temps de tornar-los a fer.

I els tres homes esclafiren en grans riallades... L'homenet tornà a mirar Pere i continuà:

—Te les carregaries de valent. Aquests documents són el resultat de moltes setmanes de feina d'aquella gent... Què vols fer-hi? M'interessava tenir-los. No havíem de tenir miraments, oi?

Pere no sabia què dir. Estava preocupat. No per allò dels plànols, que tant se li'n donava, sinó perquè tenia la retirada tallada. Fos quina fos la feina que li encarreguessin, no tindria més remei que complir-la. No podia marxar... La veu de glaç continuava:

—... i tampoc no pots tornar a Barcelona. Procurarem fer-te l'estada ben agradable. Ara mirava el teu expedient. Un individu com tu, lluitador de mena, trobarà prou camp per actuar, amb nosaltres. Aquí podràs manifestar la teva capacitat d'improvisar, de manar. Només t'exigim fidelitat i disciplina amb l'organització. Pot semblar-te que et serà difícil de ser disciplinat, però t'asseguro que tindràs un gran interès a ser-ho... No ets home d'escrúpols. A Alemanya vas estar una temporada a la garjola, i... ara ja no correràs aquests riscos. De mica en mica veuràs què fem, aquí. Seria massa llarg d'explicar-t'ho de cop. No ets llepafils, oi?

No acabava de posar-se en situació. Tot allò era força abstracte. Procurà mantenir-se dur, cobrir-se d'una cuirassa de glaç i estar a l'expectativa, veure-les venir. Va dir:

—Depèn del preu, això... I, per ara, no em puc queixar...

Els tres homes van intercanviar mirades d'intel·ligència. Somreien.

—Encaixaràs, tu, aquí dins, ja ho veuràs... A partir d'aquest moment, sols t'exigeixo una cosa: que et facis càrrec que ets en un país nou, diferent. I que treballes per al govern d'aquest país. En aquest país el govern sóc jo. Jo sóc el Senyor Ti, l'amo absolut. Totes les ordres que et doni directament o a través dels dos caps, que són aquests dos, han de semblar-te raonables. Jo, aquí, sóc la llei. Has d'obeir-me i d'obeir-la. Fent-ho així, no aniràs contra cap llei, perquè les lleis són fetes per mi... Ho has entès?

Va fer que sí amb el cap i seguí l'alemany que l'havia anat a buscar a Khartum. Li van tornar el rellotge quan sortien del passadís. L'alemany semblava una altra persona.

—Em dic Hans i veig que treballarem junts. Toca-la!

No entenia aquell canvi d'actitud. Li donà la mà i comentà:

—Ja saps que em dic Pere, bé, vull dir, Peter... Però abans no semblaves amic meu...

—Oh! Jo no sabia què venies a fer aquí. Ja ho aprendràs: amb els estranys no pots dir mai res, ni fer comentaris. Són les ordres.

—Tots sou alemanys, aquí?

—No. La majoria, sí... Ara hi ha gent d'altres països.

—I què hem de fer, aquí?

—Treballar...

—Quina feina fem?

—Vols córrer massa, tu! Aquí s'ha de creure i callar, noi.

—Però, aquest Senyor Ti, qui és, què fa, a què es dedica?

—Algunes preguntes puc contestar-les... D'altres, no. Hi ha coses que encara no sé. Ja t'informaràs de mica en mica...

—Escolta, almenys, digues on som i què és aquesta ciutat...

Hans se'l mirava, divertit.

—Això és, com has dit, una ciutat. La ciutat o el país, com vulguis, del Senyor Ti. És una veritable ciutat...

—Sota terra, oi?

—Sí, és subterrània. No puc donar-te'n la situació perquè només la saben els pilots, que són els qui manen més després del Senyor Ti i els dos caps.

—Aquells dos són els homes de confiança del Senyor Ti, oi?

—Sí. Aquí vivim a l'estil del temps dels faraons... Mira, en quatre paraules: el Senyor Ti...

Hans es va interrompre. Va fer passar Pere per una altra porta. Hi havia un corredor amb tot de portetes a banda i banda. N'obrí una i el va fer passar. Era com la cambra d'un hotel. Hi havia un llit, una tauleta amb una màquina d'escriure, un armariet, un parell de cadires i una pica amb una aixeta. També hi havia un telèfon a la tauleta de nit.

Pere, un cop dins, va fer:

—Què? Continua, Hans!

Però l'alemany havia canviat d'actitud.

—No vull comprometre'm. Ja ho sabràs...

I va fer senyal d'anar-se'n. Pere l'engrapà per la màniga.

—No vull comprometre ningú, jo. Bé pots explicar-me alguna cosa, per senzilla que sigui, caram! Tinc dret a saber, jo també, oi?

—En resum: això és una ciutat subterrània...

—Sí, ja ho sé!

—...i el Senyor Ti ens mana. Som al desert. L'avioneta s'ha aturat a la sorra, en un indret que ningú (si és que algú passa per aquí per casualitat), ningú no creurà que sigui diferent d'un altre racó del mateix desert. El radar de la torre de control ha avisat de la presència de l'avioneta. De dins han fet aixecar la trampa i hem pogut entrar. L'han tornada a tapar i tot ha quedat igual...

—I aquest interès a amagar-se, de què ve?

—Això ja ho sabràs més endavant. Però —va abaixar la veu una mica—, escolta, tu ets un fugitiu, ara, oi? Pots pensar que els altres també ho som...

—Ti també, oi?

—No diguis mai Ti, a seques. Sempre cal posar el Senyor davant, entens? El Senyor Ti...

—És un fugitiu, digues, oi?

Hans va fer veure que no l'havia sentit. Digué:

—Aquesta és la teva cambra. Estaràs bé, aquí. El telèfon és per rebre ordres i també per parlar amb qui vulguis de la Ciutat, però la comunicació passa per un control. Escolten les converses, saps...

—Tu, Hans, no te'n vagis! He de saber més coses...

—Ja les sabràs, home!

Hi havia un to que Pere va creure que era amarg en aquelles paraules. Hans no semblava estar satisfet; va dir, per fi:

—...el Senyor Ti és un arqueòleg del meu país. Un gran arqueòleg. Durant l'última guerra, va ser aquí, precisament, on, amb una missió secreta del nostre govern, es dedicà a l'excavació del desert. Va fer un gran descobriment. Un descobriment revolucionari: va trobar un sepulcre enorme. Més que un sepulcre era una autèntica ciutat dels morts. El Senyor Ti, que llavors es deia Timoteus Wander, va viure uns mesos submergit en l'alegria que el seu gran descobriment li proporcionava. Va creure, en un principi, que havia fet una troballa més ferma que la de l'americà Carter amb la de Tutankamon... Com que era una missió molt secreta, rebia aliments i eines per l'aire, amb els avions que els departaments de cultura del nostre país li enviaven. El Senyor Ti gairebé no s'adonà que les expedicions aèries escassejaven. Les coses començaren a anar malament per als nostres exèrcits. Com pitjor anava la guerra, menys atenció dedicava el govern a l'expedició arqueològica del professor Timoteus Wander. Ell continuava, amb gran tenacitat, les seves recerques. Allò que havia descobert era, efectivament, una «ciutat dels morts». Quan aconseguí penetrar a l'interior i retrobar galeries perdudes i gairebé enrunades, ensopegà amb els esquelets d'uns cossos que mils d'anys enrere havien treballat en aquell indret. Aquell indret és aquí on som ara nosaltres... El professor ja no tornà més a Alemanya. Havíem perdut la guerra. Els vencedors l'haurien jutjat per la seva actuació política. Ell va comprendre que aquell sepulcre tenia moltes possibilitats. Els últims temps s'havien aclarit els camins. Ja sabia on havia anat a parar. Però no. El descobriment no tenia cap valor arqueològic! Allò era una ciutat dels morts en construcció. Un faraó que encara no s'ha pogut saber com es deia, per fugir segurament dels robatoris de les tombes, va endinsar-se pel desert, cap aquí, cap al sud, a cercar un racó solitari. Va escollir aquest on som i decidí instal·lar-hi la seva tomba. Una tomba subterrània enorme per a ell, la seva família i tots els seus successors. Per això aquestes naus són tan grans... El faraó devia tornar als seus palaus de la vora del Nil, tot deixant aquí, al desert, uns equips d'esclaus fent forat...

—És inversemblant, això! Com podien viure aquí, al desert, tants treballadors? Com havien pogut arribar-hi?

—Són preguntes lògiques, però la lògica ha de fugir davant la realitat d'aquell món. Si per edificar una piràmide normal se sacrificava la vida de dos o tres mil esclaus, per exemple, bé podia sacrificar-se la de cinc mil per construir un sepulcre que reunís totes les garanties, no et sembla? A més, en aquella època, bé podia haver-hi un oasi, aquí a la vora...

—És terrible! Però, així, el Senyor Ti descobrí aquesta construcció... I els esquelets que s'hi van trobar, què?

—Cal dir que eren dels obrers que hi treballaven. La versió més correcta és que devia produir-se una esllavissada que va tapar l'entrada i va colgar una munió de persones, entre elles l'arquitecte. Uns missatgers devien anar a explicar-ho al faraó, i, aquest, que potser ja havia mort, no va poder ordenar la continuació de les obres... La cosa va quedar així fins que Timoteus Wander va arribar aquí, dos o tres mil anys més tard.

—Ja comprenc, ja... Però, com podeu viure, aquí? I com s'han pogut fer aquestes edificacions tan modernes, si aquí només hi havia un equip arqueològic en acabar la guerra?

Hans va fer una rialleta. Comentà:

—Això, potser que ho preguntis al mateix Senyor Ti...

2

Un crim signa el contracte

HANS SORTÍ I DEIXÀ PERE EN UNA MAR DE DUBTES. ON havia anat a parar? Qui l'havia ensarronat a ficar-se a la gola del llop? Què en trauria, de guanyar molts de diners, si havia de viure sota terra sense saber si el deixarien sortir un dia o altre? Hans havia dit que no es podia fugir... Oh! I ell encara menys, perquè el perseguien al Sudan i a Egipte.

Mirà el rellotge. Marcava una hora impossible. És clar, l'havien desguitarrat per fer-li perdre la noció del temps perquè no sabés quant tardava una avioneta de Khartum a la ciutat del Senyor Ti... I ara que deia Ti, aquell nom feia estona que li sonava... Què era el que li recordava? Ti, el Senyor Ti, era la mà dreta d'un faraó, una mena de proveïdor de la reial casa... Mercadejava i assortia el palau de tota mena de productes. Això era! Ara ho recordava perfectament... Ti havia estat estudiat gràcies a la magnífica tomba on reposava el seu cos. Gràcies a les pintures murals trobades, s'havia pogut reproduir segles després la manera de viure dels grans comerciants d'aquella època. Ti es feia representar a les pintures de les parets en unes proporcions tres o quatre vegades superiors a la dels esclaus que el rodejaven. S'havien pogut estudiar els objectes que utilitzaven en aquells temps, l'aspecte que tenien els camps, els mercats, l'interior de les cases. Ti passejava en barca pel Nil. Ti rebia comissions de pagesos que li feien ofrenes. Ti colpejava els esclaus amb un fuet...

Era tot un personatge, segons que semblava, aquell Ti del temps dels faraons! I, segons tot allò que havia sabut fins en aquell moment, el Ti modern, l'imitador de les glòries passades, a les ordres del qual havia de treballar, n'era també tot un altre! Però, com vivia?, de què vivia?, quins eren aquells negocis que li permetien d'haver construït una ciutat moderna sobre les ruïnes d'una d'antiga, sota la sorra del desert, i de pagar tan esplèndidament els seus treballadors? Per què havia continuat vivint al desert, si li hauria estat tan fàcil de fer com d'altres alemanys que havien fugit a l'Amèrica del Sud en acabar-se la guerra? Per què un savi com ell havia tingut por i s'havia quedat —pel que semblava— al desert per sempre més? En pensar això, un calfred li va recórrer l'espinada. Si Ti pensava quedar-se sempre més allí dins, i a ell li havien tallat la retirada i no podia anar enlloc, què havia d'esperar per al seu esdevenidor? Allò no podia quedar així! N'havia de parlar. Faltava puntualitzar molts aspectes, encara... Es precipità al telèfon. Ell era així, temperamental. Així que despenjà, una veu en alemany preguntà:

—Digueu, Peter Whitel!

—Vull parlar amb el senyor Ti, ara mateix!

—Pengeu. Si el Senyor Ti accedeix a parlar-vos, us trucarà ell mateix.

S'assegué al llit, nerviós. Allò li queia al damunt. La sensació d'ofec que havia experimentat al primer moment no havia desaparegut. Creixia en pensar que potser hauria de quedar-se per sempre més allí dins. Tenia un nus a la gola. Al cap d'uns minuts sonà el timbre del telèfon. Despenjà.

—Aquí Ti. Què vols, Peter?

—Senyor —va dir, imitant el to amb que els altres li parlaven—, Senyor, voldria concretar alguns punts, encara. No voldria haver de quedar-me aquí sempre més. M'enteneu, oi?

Ti va fer una rialleta.

—No t'hi encaparris. Tu no saps com treballem, nosaltres... D'aquí a un parell d'anys, potser seràs tu qui ens demanaràs d'estar per sempre més aquí... Només es quedaran aquí per sempre els qui ho desitgin. Mentrestant, jo m'ocupo del teu futur. Ja he obert un compte corrent a nom teu en un banc suís, on mensualment ingressaré el teu sou... Satisfet?

—Sí, però jo volia dir que si tinc ganes de mar...

—Ja en parlarem demà!

Sentí que penjaven el telèfon. Era natural pensar que si ingressaven el sou a Suïssa era perquè algun dia pogués aprofitar-se'n. Però, quin dia seria aquell? Podria escollir-lo, ell?

Decidí creure i no preocupar-se. Tot just acabava d'arribar i ja pensava a marxar? Havia de reflexionar. Allò era molt estrany. Era diferent de tot el que havia conegut fins en aquell moment. Valia la pena d'observar-ho i de viure-ho.

Després recordà que li havien explicat que a Khartum el buscaven. Ja no tenia cap dubte: era Henry Balua, el negre, qui devia haver telegrafiat a la policia sudanesa de Khartum. Però ara tots quedarien amb un pam de nas. Henry el primer de tots. Però, podia ser que Henry fos enemic seu? Per què l'havia denunciat? Per poc no l'havien enxampat!

Henry sospitava de tothom, ja ho havia entès allò, però segur que no es podia imaginar que sota la sorra del desert existís la Ciutat del Senyor Ti. Potser s'ensumava alguna cosa, no res en concret, però. Era curiós, allò: l'esforç dels esclaus d'un faraó desconegut aprofitat per un alemany del segle XX per amagar-se i viure-hi amb tot luxe... Però, de què vivia el Senyor Ti? Hans li havia dit que li ho preguntés... Senyor Ti, Ciutat dels Morts, desert, sorra, avions, jeeps, radar...

El timbre del telèfon el va treure d'aquell món tan fantasiós. Li preguntaven si volia anar a menjar. És clar que volia anar-hi! Podia sortir al passadís. Allí fora trobà Hans. Tot i el misteri amb què es movia, Hans semblava un bon xicot. El va acompanyar a una sala on hi havia unes taules. Era el menjador. S'anava omplint d'homes blancs. Hans li indicà un lloc al seu costat. Van seure. Uns negres servien el sopar. Tothom parlava. Ningú no s'estranyà de la seva presència. Hans el presentà a un parell d'individus, tots alemanys. Va saber que no hi havia cap català. D'una banda, se n'alegrà, però després li sabé greu.

Tenia gana i el menjar era bo. Allà tothom anava per feina. Parlaven sense riure ni cridar. Menjà de bona gana. Després, Hans l'acompanyà a la cambra una altra vegada. Li va dir que l'endemà entraria en contacte amb l'organització i les feines de cada dia.

Només va tenir temps de treure's les sabates i els pantalons. Es va ajeure sobre el llit i s'adormí profundament.

L'endemà es despertà. Hi havia llum a la cambra, i no procedia de la tauleta de nit. Venia del sostre, però no s'hi veia cap bombeta. Va tenir consciència que en aquell moment a totes les altres cambres i racons de la ciutat hi havia la mateixa intensitat de llum. Potser era —i ho endevinava— una intensitat que variava a mesura que transcorria el dia. O sigui, que algú —o automàticament— regulava la intensitat per tal de donar, dins el recinte, la sensació de normalitat que ofereix la llum del sol durant els diferents moments del dia. Es vestí amb una esgarrapada, es rentà la cara sumàriament i anà per sortir. Quan estava a punt d'obrir la porta, s'aturà de cop. Va pensar que potser valia més preguntar què havia de fer. Despenjà el telèfon i digué:

—Demano instruccions...

I la veu contestà:

—Teniu l'esmorzar al menjador. Us hi esperem...

Va sortir. De mica en mica s'acostumaria a la vida d'allà dins. Semblava que aquella sensació d'ofec ja no era tan forta. No sentia en cap instant, tampoc, cap olor especial ni la impressió de respirar un aire espès. Tot era ben condicionat. Ell mateix se sentia un home nou. La dormida li havia esbargit les cabòries. Henry i els seus sermons quedaven molt lluny.

Va trobar Hans al menjador. Se saludaren de lluny perquè l'altre se n'anava, ja. Pere s'assegué al mateix lloc del dia abans. Hi havia poca gent. Allà, al mig del desert, els àpats eren ben propis de qualsevol bon restaurant europeu... Mentre hi hagués teca, no havia de preocupar-se. Aquest tornava a ser el seu lema. Sense decidir-ho d'una manera concreta, la seva voluntat li havia imposat un criteri a seguir. No pensar. Actuar, obeir. Evitar-se disgustos. Anul·lar la curiositat. Ja sabria més endavant de què anava tot allò; per tant, no havia de complicar-se la vida. Deixar fer i esperar. Treballar i no ficar el nas on no el demanessin...

El subconscient de Pere Vidal adoptava aquella actitud per fugir de tot allò. El dia abans, prou que havia vist que havia anat a parar en un lloc molt perillós. El seu amic Henry Balua ja li havia dit que a l'Àfrica, amb una conducta honesta, era impossible de fer-se ric. I ell veia que l'organització presidida pel Senyor Ti no anava per aquell camí. No sabia encara quins eren els seus objectius, però no podien ser gaire nets. Aquell amagatall al desert, desconegut de tothom, n'era un símptoma. Per això s'havia fet a la idea de no voler esbrinar res, de fer els ulls grossos. No s'adonava que aquella actitud passiva, de deixar fer i de no pensar, l'havia portat sempre a situacions difícils...

Acabava d'esmorzar i feia temps esperant que li diguessin alguna cosa, quan se li apropà un dels caps i li indicà que el seguís. Arribaren a una porta davant la qual hi havia un grupet de persones. Així que s'hi aproparen, reconegué el Senyor Ti i l'altre cap, els quals van saludar-lo afectuosament. Li van fer travessar la porta. Es trobà en una nau que potser feia uns trenta metres de llargària per deu o dotze d'amplada. Era un camp de tir al blanc, ja que, al fons, a l'altre extrem, hi havia unes dianes encastades a la paret.

Al costat de la porta, sobre una taula, hi havia armes: pistoles i fusells. Van parlar una estona, fent un xic de gresca... El Senyor Ti portava la veu cantant.

—Sembla que s'ha dormit bé, oi?

Va voler disculpar-se:

—Oh! No sabia quina hora era. Com que ahir em van capgirar el rellotge... Per cert, que ara m'interessaria posar-lo a l'hora del país...

El Senyor Ti semblà complagut d'aquelles paraules. Li agradava que la gent s'adonés que allò era, efectivament, un país amb hora pròpia, diferent de la de l'exterior. El Senyor Ti se sentia molt orgullós que allò fos un món independent que pogués regular al seu caprici. Sabia que, a una ordre seva, tothom hauria d'avançar o de retardar el rellotge, o que podia inventar un nou calendari, o que podia fer el que volgués...

La conversa donà força voltes, fins que arribaren al tema de les armes. Pere va haver de confessar que no hi entenia gaire.

—...no és el meu fort, això. Fora d'un parell o tres de vegades que vaig anar a caçar el senglar als Pirineus, sempre que m'he engaltat una escopeta a la cara ha estat en alguna barraca de fira...

El Senyor Ti somreia. Se li veia que volia fer-se agradable, tot i que, de tant en tant, quan anava a fer algun comentari, clavava una llambregada metàl·lica que feia esgarrifar... Inesperadament, el Senyor Ti li preguntà:

—Has fet servir mai una arma d'aquestes amb la intenció de matar algú?

—No! Oh, no...

—Però una vegada, a Alemanya, et van condemnar, oi?

—Va ser una altra cosa! Una baralla de taverna... Jo portava un ganivet i...

—Bé, bé... Així, doncs, no has matat mai ningú... Però estaries disposat a fer-ho?

—Suposo que no...

—Mai?

—Bé, m'imagino que en defensa pròpia sí que ho faria... Més o menys, com tothom.

El Senyor Ti s'havia posat més rialler... Comentà:

—Naturalment. Tens raó... Encara que, de vegades, no se sap mai. Bé, senyors, ja hem parlat prou. Ara l'amic Peter farà la seva prova de tir... És clar que encara no ho saps, tu, això. Aquí, cada dia, abans d'esmorzar, hi ha sessió de gimnàstica. Els meus homes han d'estar sempre a punt físicament. Després es passa a la piscina a fer una estona de natació. Seguidament, esmorzem. Després hi ha el tir... No convé que la gent es rovelli i faci panxa. Entesos? Avui hem vingut nosaltres a veure com ho peles, això. Després, ja trobaràs un instructor per perfeccionar-te.

Pere escollí un fusell automàtic. Pesava, però, així i tot, era força manejable. Tenia punt de mira telescòpic. Semblava impossible marrar-la. Va sentir que li deien:

—Has d'apuntar la diana que tenim davant nostre mateix.

No contestà. Aixecà lentament l'arma. Volia quedar bé. Primer havia comprovat que no hi havia el fiador posat. S'hi recreà. Va prémer el gallet...

Simultàniament al tret, va sentir un gemec i el soroll d'un cos que queia. Instintivament, interrogà amb la mirada els homes que tenia al voltant. Ja no feien broma. Tornaven a tenir la mirada glaçada. No deixaven escapar cap emoció. Pere no sabia què fer. Només va preguntar:

—Què ha passat?

El Senyor Ti, amb un gest enèrgic, manà que callés. L'home que havia preparat les armes ja era al costat de la diana amb un altre individu que Pere no havia vist. L'home cridà:

—Diana!

I, immediatament, van separar el blanc de la paret. Pere, esmaperdut, contemplà tot el que succeïa a continuació. El cartó que feia de blanc havia tapat, fent-lo invisible, una mena de recambró que ara es veia sencer. Dins, per terra, hi havia el cos d'un negre ajagut. Els dos homes que havien separat la diana van agafar una llitera que hi havia també dins el recambró i carregaren el cos.

3
Propòsit de venjança

PERE ESTAVA CLAVAT A TERRA, COM SI LI HAGUESSIN SORTIT arrels. Tenia els ulls fora de les conques. Va veure com s'apropaven els dos homes amb aquella càrrega. Havien cobert el cos amb un llençol. En ser allà mateix, el Senyor Ti separà una mica la roba i Pere va poder veure la cara d'un negre desconegut, que treia bromera per la boca. El Senyor Ti deixà caure el llençol, mentre Pere, sense saber què fer ni què dir, contemplava estúpidament els dos homes que s'emportaven el mort.

Els altres començaren a parlar, però Pere no els entenia. Contrastant amb aquella actitud d'esglai, el seu cervell començà a funcionar a tota velocitat. Havia matat un home, un home indefens, l'existència del qual desconeixia. Era un ésser humà com ell mateix. Allò era terrible. Per culpa de Ti havia esdevingut un criminal. De tots els racons del seu cos començà a bullir la sang amb una violència inesperada. Si moments abans havia perdut gairebé el color, la cara, llavors, es tornava vermella com una magrana. Dintre seu s'havia trencat alguna cosa. Pere mai no havia tingut escrúpols. Aquella vegada, a Hamburg, era veritat que havia punxat un ésser humà, però si no ho hagués fet, l'altre li hauria trencat un sifó pel cap. Era un home que l'havia ofès... Però aquell pobre negre havia estat la víctima de la seva presencia a la Ciutat del Senyor Ti. Sentí tremolor de cames. Els dits de les mans se li crisparen. Tota la seva voluntat li manava d'abraonar-se damunt Ti i destrossar-lo, d'esgarrapar-lo, d'escopir-li a la cara, però, amb una lucidesa extraordinària, s'adonà que tot hauria estat inútil. Eren tres contra ell en aquells instants, però després haurien estat vint, cinquanta...

De sobte, sentí que alguna cosa li pujava de l'estómac i vomità davant els tres homes, que se'l miraven entre curiosos i mofetes...

Tots tres homes pensaven. Però s'equivocaven. Pensaven que Pere havia vomitat de la impressió, que Pere en aquells moments sentia pànic o fàstic de si mateix, però no l'encertaven. Pere havia vomitat per l'esforç d'aguantar-se, de contenir els seus desigs de venjança, per no haver estat prou suïcida per desfer la persona de Ti, baixeta, rodanxona, que mirava d'aquella manera tan maligna...

Aquells van ser els instants en què el pensament de Pere hi va veure més clar de tota la seva vida. No podia fer res contra Ti en aquella situació, però havia de continuar endavant i esperar una ocasió més propícia. En aquells moments, es jurà que arribaria un dia que Ti es penediria del que li havia fet fer. Va veure clar que havia d'actuar com si allò no tingués cap importància i que havia d'esperar la seva oportunitat. S'eixugà els llavis amb un mocador i, fent un esforç inhumà per no deixar traspuar els seus sentiments, va dir, en to despreocupat:

—Perdoneu-me, però com que acabava d'esmorzar...

I no semblà disposat a comentar més allò que havia passat. Però els altres sí que tenien ganes de parlar-ne. Van quedar sorpresos de sentir aquelles paraules. Van arribar a creure que era un home dur, duríssim... I, en efecte, en això sí que l'encertaven. Pere acabava de convertir-se en un home dur, en un home que acabava de descobrir, per primera vegada, que tenia una missió a la seva vida i que no podia parar fins a complir-la...

—Et felicitem per la bona punteria. Noi, val a dir que ho has fet de primera!

En sentir allò, va haver de tornar a lluitar. Ofegà l'emoció.

—T'has portat com un home!

—Vine, que ho celebrarem!

Se l'emportaren al mateix despatx on Ti l'havia rebut el dia abans. L'home va treure, de dins un armari, unes copes i una ampolla. Tots van disposar-se a beure.

—A la salut de Peter Whitel, un valent de debò...!

Pere engolí la beguda d'una glopada. Va haver de recórrer altra vegada a totes les seves forces per evitar de tornar a vomitar. Allò era pitjor que foc i ell tenia en aquells moments l'estómac buit i trasbalsat. El Senyor Ti comentava:

—Què, t'agrada? És *maritza*, un famós aiguardent de dàtils... El fabriquem aquí, precisament. Aquest és especial per a mi. Des que el vaig tastar, que ja no puc beure res més... Té la duresa del desert, la llefiscositat de l'aigua del Nil i l'ardència del sol africà... És perfecte! Aquí, però, només en bevem per celebrar alguna solemnitat. M'interessen els cervells desperts... Això és per fer clapar aquests brètols de negres. Són capaços de fer un disbarat per una ampolleta de *maritza*...

Així, doncs, era Ti qui fabricava l'aiguardent i el subministrava als natius del Sudan. En quin cau de feres salvatges havia anat a parar!

El Senyor Ti es va voler fer el simpàtic. Començà a bromejar, a donar copets, a dirigir-li mirades cordials. Després parlà seriosament:

—Em sap greu haver-te posat aquest parany, però era inevitable. La meva organització necessita gent capaç de prestar qualsevol classe de serveis... No et pensis que ens dediquem a exterminar els negres sense solta ni volta. No! Caram, amb el benefici que es pot obtenir amb un negre jove, ben plantat, com aquest, t'asseguro que no voldria liquidar-ne cap... Però aquest havia de morir, saps... Havia intentat robar aquí dins i calia donar un exemple. Ara, els altres negres l'enterraran. Així sabran què els pot passar. Si no haguessis estat tu, ho hauria fet un altre, comprens?

Pere va fer que sí amb naturalitat. Però Ti prosseguia:

—Et necessitem. Ens interessen els teus serveis i no podem acceptar que un dia ens facis una mala jugada. Necessitàvem algun motiu pel qual et sentissis vinculat a l'organització. Ara ja el tens...

Ti s'apropà a la taula del despatx. Hi havia un paper posat al damunt. El va ensenyar a Pere. Aquest llegí en veu alta; molt segur de si mateix... Ja no el podia sorprendre res. A més, havia pres una decisió ferma: lluitar fins al final contra Ti, però amb astúcia. Havia de seguir el corrent. Res no podia aturar-lo. Era l'única actitud possible, perquè sabia que, tot i la seva manera de ser despreocupada i sense gaires escrúpols, no era un assassí. Llegí, doncs, sense immutar-se:

«A la Ciutat del Senyor Ti, situada al cor del desert, sota terra, el signant d'aquest document, Pere Vidal, de Barcelona, conegut també pel nom de Peter Whitel, fugitiu de la justícia de Barcelona i de Khartum, fa constar i proclama que ha matat fredament, avui dia 10 d'abril, un negre *shylluck*, amb un tret de fusell. Signat: Pere Vidal. Són testimonis: Gunther Keyner i Fred Stock.»

Les signatures dels dos testimonis ja eren a lloc. Pere, doncs, sabent que aquell document el comprometia greument, però sabent també que no tenia més remei que firmar-lo, agafà la ploma que Ti li oferia i signà amb pols ferm.

Després, Ti va agafar el paper i amb tota parsimònia, com si es tractés d'un ritu solemne, obrí una caixa de cabals que hi havia clavada a la paret i el dipositā a l'interior després d'haver-lo col·locat a la carpeta que constituïa l'expedient de Pere.

Els tres homes tornaren a felicitar-lo. En primer lloc, per la seva sang freda i, segonament, pel bon negoci que havia fet d'anar a parar a la Ciutat de Ti, d'on havia de sortir cobert d'or i amb l'esdevenidor assegurat.

Havia passat ja una estona. Pere s'adonava que era un altre home. El subconscient, que sempre el distreia i procurava treure-li els motius que hauria pogut tenir de preocupació, ara mantenia viu el sentit de venjança. Pensant-hi, gairebé no sentia què deien els tres homes al seu voltant. Després procurà entendre, no fos cas que s'adonessin que alguna cosa no funcionava. Ti li deia:

—Bé, ja t'he dit que això —i assenyalava l'ampolla de *maritza*— és prohibit a casa meva, però avui, ateses les circumstàncies especials del dia, te la regalo. Pots beure-te-la tota, si no pateixes de l'estómac, naturalment...

—Gràcies, però no cal... Voldria començar a treballar de seguida... Estic una mica desentrenat i...

Ti, però, insistí:

—Pots quedar-te-la... No? Millor. Així m'agrada! Ara faré que Hans t'ensenyi la Ciutat per tal que et facis càrrec d'on ets. Fes el que vulguis: gimnàstica, nedar... Has de fer gana per dinar... Demà començaràs a treballar... Hauràs de passar per l'armeria a escollir arma i... Bé, Hans ja sap què ha de fer amb tu... Adéu...

Ti li allargà la mà. Pere encaixà amb força i trobà una mà flonja, tova, que no tenia cap mena de cordialitat. Era repugnant. Com també ho era la cara i, sobretot, els ullets, freds i malignes... Pere sabia, però, que no havia de parlar amb ningú d'aquelles sensacions. Que calia esperar el moment que li ho pogués dir cara a cara...

Els dies que van seguir la seva arribada serviren perquè Pere fes coneixença de la Ciutat del Senyor Ti. En realitat, no era més gran que una fàbrica important, però el que imposava de debò era que fos sota la sorra del desert. Hi havia una organització perfecta. Tothom sabia quina feina havia de fer i la manera com havia de fer-la.

Hans informà Pere de mica en mica com s'havia format aquella ciutat. Quan Timoteus Wander s'adonà, en plena guerra mundial, que el que ell havia cregut que era un descobriment sensacional no passava de ser una troballa ben curiosa que permetia solament alguna especulació al marge de la ciència, decidí retirar-se del desert o bé començar a excavar en algun altre indret. Però llavors, el desengany de no haver aconseguit l'objectiu perseguit el va fer tocar de peus a terra. La febre que el posseïa i que no li permetia de pensar en res més l'abandonà. L'home, a la desmoralització pel seu fracàs va haver d'afegir la certesa que al seu país les coses anaven de mal borràs. Ell, com la major part de compatriotes seus, no havia pogut imaginar un altre final per a la guerra que la victòria germànica. El fet que comencessin a escassejar els queviures i que les altes esferes del seu país no li dediquessin l'atenció que sempre els havia merescut va fer obrir-li els ulls. Què havia de fer, llavors? Una visita inesperada ho decidí tot. Un dia arribà amb avió un alt funcionari del seu país. Va parlar clar. Era a finals de l'any 1944. La guerra no podia durar gaire més. Parlaren molta estona. Timoteus Wander ensenyà al seu amic tots els racons d'aquell frustrat monument funerari. Van tenir la mateixa idea: es quedarien a viure allí dins. L'amic va marxar, però en els mesos següents tornà amb una certa freqüència. Va ser a la Ciutat dels Morts on traslladaren per via aèria una bona part de les riqueses que encara quedaven a Alemanya i que, si les hi haguessin deixades, haurien caigut a les mans dels vencedors. I no van ser riqueses tot el que arribà al Sudan: en cada expedició arribaven uns quants homes que fugien, anticipant-se a la derrota. Així es formà el petit nucli de tècnics i de científics que en l'actualitat treballaven a la Ciutat del Senyor Ti. I junt amb aquells homes i amb aquelles riqueses arribaren encara més elements útils: aparells, materials, instruments, armes, queviures...

De primer, la ciutat era un petit refugi que calia reconstruir i fer habitable, però en els divuit anys que havien passat de l'acabament de la guerra s'havien pogut fer moltes coses més... Pere, en aquells primers dies d'estada, ho va poder comprovar.

Allà dins, tot anava sobre rodes. I tothom hi vivia bé, encara que no demostressin gaire alegria tots plegats. La mentalitat de tothom havia canviat. Si, de moment, allò havia estat un refugi, ara, al cap de divuit anys, podia arribar a ser una presó per a alguns.

Una cosa que no acabava de veure prou clara era d'on sortien els ingressos per mantenir aquell ritme de vida. Era evident que per muntar tota aquella ciutat, al principi, els hauria anat molt bé el tresor que havia volat d'Alemanya, però, en tots aquells anys, els diners bé prou que havien hagut de fer-se fonedissos... Hans somreia quan Pere li ho preguntava. Es limitava a contestar que no es preocupés, que ell mateix ja ho veuria ben de prop.

I Pere esperava. S'havia carregat de paciència, encara que, cada dia que passava, se sentia més indignat contra Ti i contra els qui el rodejaven i obeïen. Hans, però, era diferent. Havien començat a fer una lleugera amistat, sense arribar mai a la confidència perquè temia que pogués ser-li fatal. Potser li seria útil en alguna ocasió... Semblava bon xicot. Com podia ser que hagués caigut tan baix? Però, llavors, s'adonava que ell també s'havia convertit en un assassí sense voler.

Així, Pere va saber coses de Ti i de la seva ciutat...

Alguns dels primers habitants —aquella gent arribada d'Alemanya al final de la guerra i els membres de l'expedició arqueològica de Timoteus Wander— ja havien mort. Eren gent gran. Per aquell motiu, doncs, Ti buscava gent jove per reemplaçar-los. El fet que sorprengué més Pere va ser que la gent no la captés del seu país, d'Alemanya, però a poc a poc s'adonà que l'objectiu de Ti era de formar una mena de ciutat internacional, desvinculada de cap sentiment patriòtic envers un altre país que no fos la ciutat on ell manava i que portava el seu nom. Ti volia gent jove i aventurera, decidida a tot. Els va conèixer tots, en aquells primers dies. Però no es mostrà gaire amical. El seu tarannà obert, indisciplinat, fàcil de lligar conversa, decidit i busca-raons, havia canviat des del dia que amb un tret havia liquidat un ésser humà. I si bé hi havia una bona part de voluntat en aquell canvi, hi era també sense adonar-se'n. Havia esdevingut un home taciturn, que obeïa a la primera, que treballava sense demanar explicacions. Semblava ajustar-se exactament al prototip d'home que Ti necessitava. I no era ell l'únic que actuava d'aquella manera. Els més joves, sobretot, i més si feia poc que eren a la ciutat, es comportaven d'una manera molt semblant. Pere pensava que la major part eren persones com ell mateix, que havien anat a parar al crim per inconsciència i per la mala fe de Ti.

Com més anava coneixent la ciutat, més arribava al convenciment que Ti era un ésser que, a més de ser tan perillós, era completament boig. Però no era un boig d'aquells que fan ximpleries sense saber que les fan. No. Ti era un pertorbat. No hauria pogut dir si ho havia estat sempre, ja que ell no l'havia conegut quan es limitava a ser Timoteus Wander, arqueòleg. Aquest convenciment que era boig, l'obtingué el dia que Hans el portà al racó que en deien «la Ciutat Vella». Feia uns quants dies, potser un parell de setmanes, que hi era, i no tenia idea de l'existència d'aquell racó fins que Hans l'hi acompanyà. En serhi, va creure que somiava. Davant seu s'oferia l'interior d'un d'aquells monuments egipcis antics que havia visitat al Caire i les fotografies dels quals havia vist als manuals d'arqueologia. Uns passadissos estrets portaven a una cambra molt gran. Dins hi havia alguns dels homes que Pere trobava cada dia al menjador i que després es feien fonedissos. Les parets eren plenes d'estàtues i de pintures murals idèntiques a les antigues. Les realitzaven aquells homes, els quals demostraven ser uns veritables artistes. A mesura que ho observava, va comprendre. Se servien d'uns plànols, alguns dels quals ell havia portat des d'Abu Simbel! Era clara la maniobra de Ti! L'arqueòleg reconstruïa uns monuments en aquell sepulcre que ell havia descobert i que era buit... A mesura que ho observava, s'adonà d'un fet estrany. De moment, no sabia si era un fenomen òptic... Els homes, els egipcis que hi havia esculpits o pintats a les parets, tenien cares conegudes. Sí, senyor! Eren les cares de Ti i dels caps! Allò era sorprenent. No podia ser fruit de la casualitat. En tingué l'evidència quan va veure que uns homes treballaven en la construcció d'un gran sarcòfag de metall. Encara apareixia en estat embrionari, però els trets característics de Ti ja destacaven sorprenentment...

Hans somreia en observar la seva reacció. Per primera vegada des del dia que havia tirat contra el negre, Pere no va saber amagar l'emoció. Estava atabalat i ho demostrava. Tot se li va fer clar de sobte: Ti s'havia trastocat! S'estava construint una tomba com la dels mateixos faraons, com la del mateix Ti de l'antic Egipte... Allò només podia ser producte d'una mentalitat malaltissa... Què en treia, de tot allò?

En parlar-ne després amb Hans acabà de comprendre. Ti havia rebut dos impactes seguits massa forts i no ho havia pogut resistir. Saber que el seu descobriment no tenia cap valor i la derrota del seu país... Havia estat massa fort.

Ti vivia sota terra, amagat. Ti sabia que no podia tornar a la civilització, i sols vivia per construir-se un sepulcre, un gran sepulcre. Tot el que es feia en aquella ciutat subterrània anava destinat a aquella tomba. Tothom treballava, d'una manera o altra, perquè el gran Senyor Ti pogués reposar, en morir, en una tomba fastuosa, digna del més important dels faraons... I, segons que semblava, Ti havia encomanat la seva bogeria a d'altres dels seus ajudants. No es treballava únicament per a la tomba de Ti, sinó també per a la d'altres. N'hi havia algunes en construcció, més modestes però importants. Hi havia zones buides, destinades segurament a d'altres tombes futures... Es veia que als més antics col·laboradors de Ti, que sabien que no podien sortir d'allà dins, se'ls havia encomanat aquella dèria. Al fons, uns negres excavaven i engrandien l'immens cementiri. Segons va saber més endavant, ja hi havia alguna tomba plena —hi havien anat a parar els fidels col·laboradors que havien mort—, a part d'una fossa comuna on entaforaven els negres que morien afusellats o de mort natural...

4
Armes, licor i esclaus

UN ALTRE DELS MISTERIS QUE HAVIA D'ACLARIR-SE AVIAT era la classe de serveis que Ti esperava de Pere. Per això, quan Hans li digué que hi havia alguna víctima en acte de servei, va suposar que la seva vida podia córrer algun perill. Decidí ser molt prudent per poder assolir el que s'havia convertit en l'únic objectiu de la seva existència.

De vegades se sorprenia de l'evolució que havia sofert. No es treia del cap l'escena del primer dia del tir al blanc. En lloc de despreocupar-se'n, a cada moment es feia més viva. Havia de fugir. Lliurar-se a la justícia i denunciar la presència corrosiva de Ti al desert.

Cada dia seguia la rutina de la ciutat: es llevava, feia gimnàstica, nedava, esmorzava, tirava al blanc i treballava. No hi havia cap feina específica per a ell. Anava on el demanaven. Al garatge, on aprenia mecànica dels altres; a la central, on un grup generador produïa energia; al departament de purificació de l'aigua... No comprenia com havien trobat aigua en ple desert, però el cas era que n'hi havia. No n'hi havia gaire, però era molt ben aprofitada. Sabien el que es feien. Eren tècnics que en aquells anys s'havien especialitzat.

Un dia l'avisaren. Ja sabia en què treballaria. La seva missió era a l'aire lliure, en les expedicions pel desert. A la destil·leria de la Ciutat de Ti es fabricava *maritza*. Acabaven d'elaborar-ne una bona partida. Va haver de col·laborar a carregar els bidons en un parell de camions. Se sorprengué quan l'hi van fer pujar. Sentí una gran alegria en saber que tornaria a veure el sol. L'enyorava, així com l'aire lliure.

El cor li bategava fortament quan sentí grinyolar la tapadora que feia de porta automàtica. L'estació de radar de la torre de control no detectava cap presència en tot aquell indret, així era que podrien sortir amb tranquil·litat. La porta era una planxa metàl·lica força gran, la part superior de la qual era recoberta d'un gruix important de sorra, de manera que, mentre romania tancada, oferia per fora la sensació d'una superfície llisa, natural, i més tenint en compte que el *jansin* anul·lava sempre les diferències. En aquells divuit anys, només en un parell d'ocasions el radar havia detectat alguna presència estranya en aquell sector del desert.

Així retrobà l'aire lliure. Però no topà de seguida amb el sol, perquè sortiren de nit. Anaven tres homes en cada camió. Dos xofers i un ajudant. Els xofers i els pilots sempre eren alemanys. Mereixien la confiança absoluta de Ti i eren els únics que sabien la situació exacta de la ciutat i dels indrets on havien de complir les missions. No eren gaire enraonadors i vivien una mica al marge de la resta de la gent de la ciutat. Tots tres anaven armats fins a les dents.

Així que van ser fora, en comprovar que el destinaven a missions a l'exterior, començà a estudiar les possibilitats de fugir. Com més anava, però, més difícil veia que pogués arribar a tenir èxit si la temptativa es feia en solitari.

Van passar tota la nit en ruta. Quan començà a clarejar, Pere va veure el sol per primera vegada en gairebé un mes. Tantes coses que li havien passat en aquells darrers temps! Per primera vegada també, va aconseguir de pensar només en el seu esdevenidor, el qual anava lligat a la problemàtica fugida...

L'excursió no era gens divertida. Els altres dos homes no obrien la boca sinó per encabir-hi un cigarret darrere l'altre. I vigilaven. Portaven unes ulleres de llarga vista i el que no conduïa no feia més que inspeccionar el terreny. Feia un parell d'hores que havia sortit el sol. El que vigilava exclamà:

—Ja els veig!

El xofer llançà el vehicle a tota velocitat en una direcció obliqua. Maniobrava mantenint-se a la mateixa distància del puntet que sols es distingia amb els binocles. Al cap d'una estona de fer aquella maniobra, s'aturaren. Sense baixar del camió, un dels xofers tragué un coet per la finestreta i l'engegà. Era molt potent, i l'estrèpit, en el silenci i la xafogor del desert, ressonà llargament. Al cap d'uns segons es va sentir un altre espetec, també, però a molta distancia. Van tornar a dir:

—Sí, són ells!

El puntet començà a créixer. Pere va comprendre que amb aquella maniobra volien oferir als altres la impressió que venien d'un lloc diferent del real. Aviat va veure que allò era una caravana de camells. El camió s'aturà, però sense parar el motor, sempre a punt de guillar a la més petita eventualitat.

De seguida començà l'activitat: els bidons passaren dels camions als sacs que els camells duien als costats. Es va fer tot molt de pressa. Per un cantó, tots els àrabs; per l'altre, Pere i un dels xofers. L'altre continuava sempre a la cabina, amb les mans al volant.

Enllestiren al cap d'una estona. Els dos camions repetiren la maniobra. Simularen marxar en una direcció i, en ser prou lluny de la caravana, prengueren el camí de la Ciutat del Senyor Ti.

Participà en d'altres expedicions. Ja començava a veure-ho clar. A can Ti es treballava per vendre o es feia d'intermediari. Aquell aiguardent devia ser pagat a pes d'or pels contrabandistes àrabs, els quals després l'escamparien entre els negres sudanesos i d'altres països veïns, tan pobres d'esperit que no tenien força de voluntat per deixar d'adquirir el licor a canvi de l'esforç que exigien els seus miserables conreus i els seus ramats tan esquifits.

Però hi havia més. De vegades, en lloc de *maritza*, Pere, amb camió, transportava armes. Armes que arribaven a la Ciutat de Ti de mica en mica, amb helicòpter, i que passaven a poder dels mercaders àrabs. Armes que havien d'anar a parar a mans irresponsables. Allò sí que era greu! Llavors li tornaven aquelles paraules que el seu amic Henry Balua havia pronunciat la darrera nit a Wadi Halfa: «La millor manera d'agrair-m'ho és fent que no m'hagi de penedir mai més d'haver-te-la salvat... Em comprens, oi?». Llavors no l'havia comprès. No sabia què volia dir. El xicot negre no havia parlat prou clar per a Pere, el qual, en aquells moments, començava a comprendre que Henry sabia que al seu país hi havia alguna cosa fosca que el perjudicava. Devia saber que algú introduïa licor i armes en la intimitat dels negres. Recordava que Henry havia menyspreat els bevedors. Però Henry no podia saber com entrava al país aquella mercaderia. Ah! Si hagués pogut sospitar que ell havia de participar-hi! Pere li devia la vida i ara el recompensava d'aquella manera...

Un dia que havia sortit d'expedició obtingué més informació de les activitats de Ti.

En penetrar a la ciutat, després de les precaucions que prenien els de la torre de control, veié un grup de negres que eren com una taca en el fons més aviat blanc de les parets. Estaven agrupats. I destacaven per la manera d'anar vestits. Eren més aviat baixets i se'ls veia esporuguits. Els passà pel costat però no s'aturà. Havia d'anar a informar Ti del resultat de l'expedició.

Ti estava de mal humor. Conversava amb els dos caps.

—L'agent d'Amadi se'n farà l'estella! Per què els volem, aquests? No ens serviran de res... Ah! Ja heu tornat?

Un dels xofers de l'expedició de Pere contestà:

—Sí, senyor... Tot ha anat com una seda. Hem suat de valent, perquè cada dia pica més el sol. Aquí és glòria...

Però Ti no li feia cas. Amb un gest el va fer callar i, de cara als dos caps, digué:

—Vaig donar ordres que no volia més *moru*. Se'ns fondran als dits... Hem de vendre'ls! Però als nostres clients tampoc no els convenç la mercaderia... Hem de desprendre'ns d'ells a qualsevol preu... Compreneu?

I va fer senyal a Pere i als dos xofers que es retiressin. En sortir, no havia comprès què volia dir Ti amb aquelles paraules. Però després se'n va fer càrrec. Es referia als negres que havia vist a l'entrada. Encuriosit, s'hi apropà. Es veia que eren gent alegre. Havien començat a perdre la por i es movien i es clavaven empentes, fent crits guturals i rialles. Portaven la cara pintada i els cabells tenien formes estranyes, amb uns pentinats molt laboriosos.

Hans l'informà, després de sopar:

—Són de la raça *moru*. Malgrat ser tan alegres, són molt malaltissos. No serveixen per a res...

I Pere va fer:

—He vist que l'amo estava enfadat. Ara comprenc que era per culpa dels negres.. Deia que no en volia d'aquests... Que els vendria... Què vol dir això?

Hans somrigué.

—És una expedició que venia aquí a... a treballar. Però com que són *moru*, l'amo no se'ls vol quedar. A més que són fluixos, ens podrien empestiferar amb les seves malalties. Viuen en una regió molt pantanosa, i sempre tenen xacres... Conviuen amb una mena de paparres que els transmeten malalties molt dolentes. També pateixen de disenteria, d'elefantiasi i deformació dels membres i, el més terrible, la malaltia de la son...

—Pobra gent!

—I tant! Per això només són un perill... Ja veuràs com abans de dos dies ja no seran aquí. Ara els reforçaran una mica, per fer-los tenir bon aspecte... Encara en farem diners!

En efecte, l'endemà començà la medicació. Els feien passar d'un en un a la infermeria i els injectaven vitamines, fetge i algun estimulant. Els altres romanien lluny, separats, per evitar que sentissin els crits que proferien en sentir la fiblada de les injeccions. També els alimentaren a cor què vols. Els *moru*, passada la primera impressió, se sentien bé, plens de vitalitat, millor que mai. Pere els observà com cantaven i ballaven, acompanyats amb uns instruments estranys, una mena de guitarres fetes amb vuit fustetes que substituïen les cordes, i amb una caixa de fusta de palmera recoberta de pell d'antílop.

Com havia dit Hans, van desaparèixer pel mateix camí per on havien vingut. No se'n parlà més. I Pere, per fi, va comprendre que un altre dels negocis de Ti, i en el qual ell també estava embolicat, era el tràfic d'esclaus... Semblava mentida que encara existís aquest comerç en ple segle XX. Si alguna vegada ho havia vist comentar a la premsa, havia cregut que era pura fantasia. Però era realitat. N'era testimoni! Ti es dedicava a la compra-venda de carn humana. Després pensà que ja podia haver-se-li ocorregut abans: a ell també l'havia comprat. Primer amb diners i després amb la por...

El dia que feia un mes just que Pere era a la Ciutat de Ti, va rebre un sobre. Dins hi havia dos papers: una carta i el resguard d'un ingrés en un banc suís. A la carta, signada per Ti, es relacionaven els dies que havia estat a la ciutat i els que havia sortit d'expedició. Tot plegat, al preu convingut, feia un total igual al que figurava en el resguard del banc. Eren molts diners. En una altra ocasió hauria estat molt content, però llavors ja sabia que aquell no podia ser, de cap manera, el preu de la seva feina. Ambicionava un preu diferent que no es podia comptar amb diners. Volia la satisfacció moral d'una rehabilitació. Volia demostrar que no era un assassí.

Un vespre, en aixecar-se la tapadora de l'entrada, va passar un camió que feia un parell de dies que havia sortit. Algú de la torre de control devia avisar Ti immediatament, perquè tan sols s'havia aturat, que l'amo de la ciutat ja era a rebre'l. D'un en un, van saltar a terra una vintena de negres. Estaven completament esverats. No comprenien on eren ni com havien anat a parar sota terra. Eren altíssims. Pere pensà que devien pertànyer a alguna raça nilòtica: *shylluck*, *dinka*, *diur*, *nuer*... S'hi apropà, encara que no li ho manava ningú. Se sentia atret per tot el que pogués ser novetat. Tenia ben bé un gran interès a conèixer tots els aspectes de la vida de la ciutat. Com més en conegués els secrets, més fàcil seria trobar un dia un camí per sortir-ne.

Ti estava satisfet. Se li veia a la cara. Va intercanviar unes paraules amb un dels seus homes de confiança. Mentrestant, els negres s'havien agrupat i s'ho miraven tot amb una expressió esfereïda. Portaven una llança i anaven guarnits com els guerrers. Gairebé anaven nus i tenien el cos ple de pintures estrambòtiques. S'arrapaven amb força a la llança. Pere sabia que es tractava de gent valenta, però comprenia perfectament aquell astorament, aquell neguit.

Del grup de blancs s'avançà l'home que havia parlat amb Ti i els dirigí la paraula. Pels gestos que feia, deixava endevinar que els manava que deixessin la llança a terra. Els negres, en sentir-lo, recularen instintivament i l'arraparen encara amb més força. Era la seva única defensa! L'home tornà a parlar i els negres s'agruparen. Semblaven disposats a lluitar. L'home blanc va riure. Va fer un senyal i avançaren uns quants blancs de la guàrdia, armats amb unes metralletes impressionants...

Pere no s'imaginava com acabaria allò. Sabia que dispararien sense fer-s'ho dir dues vegades. Se li encongí el cor en pensar en l'estesa que farien.

Sortosament, entre els negres hi havia algú que pensava o que coneixia bé l'efecte d'aquelles armes. Una veu s'aixecà d'entre ells. Un negre, jove, atlètic, que impressionava per la manera de moure's, avançà i deixà la llança a terra. A poc a poc, els altres l'imitaren. No tenien més remei!

Pere s'entretingué una estona més contemplant l'escena. En aquell negre hi havia alguna cosa que l'atreia. Era un salvatge, evidentment, però es comportava amb noblesa. Semblava un home acostumat a manar, segur de si mateix... També li era familiar la cara, però pensà que en aquells últims temps havia vist molts negres, i com que tots s'assemblaven una mica...

L'interès que sentia en aquells moments devia ser compartit també pel negre, el qual li clavava la mirada amb insistència. Però així com Pere ho feia amb curiositat, la mirada del negre traduïa una repugnància i un menyspreu totals. La veu del blanc que els havia manat que deixessin les llances tornà a sentir-se. Els manava que el seguissin. Tots els negres, custodiats per alguns homes de la guàrdia, començaren a caminar cap a la part vella de la ciutat.

5

El menyspreu de Henry Balua

Els negres van passar d'un en un per davant de Pere. En fer-ho el que li havia cridat l'atenció, Pere quedà glaçat. El negre li va dir, en català:

—Miserable! Porc!

És clar! Aquell negre era Henry Balua, el seu salvador i amic de Wadi Halfa! Com era que no se li havia acudit abans? Però era tan difícil reconèixer-lo vestit d'aquella manera, amb aquelles guixades blanques que li ratllaven la cara, gairebé nu, ell que vestia tan correctament, a l'europea...!

Quedà desconcertat. Com havia anat a parar a la Ciutat de Ti el seu amic? Per què anava vestit d'aquella manera? Henry era un universitari, un professor, no un d'aquells negres que vivien a les vores del Nil, pescant o caçant i menjant quan podien, analfabets, plens de supersticions. Henry devia haver anat a parar a la Ciutat de Ti amb algun objectiu... Era evident!

El desconcert dels primers moments es transformà a mesura que passaven les hores i que va poder pensar tranquil·lament en aquella insòlita aparició. Va arribar a la conclusió que Henry potser seria la seva salvació, perquè, n'estava segur, el negre havia anat a parar expressament allí amb alguna missió especial a complir.

Abans d'adormir-se, començà a planejar algun sistema de parlar-li. Havia de fer-ho, si més no, per desfer un malentès, per demostrar-li que ell, allà dins, també era una víctima, un presoner més. Aquella mirada d'odi i aquelles paraules que li havia dit el colpien a mesura que passava el temps.

Va tenir l'oportunitat de veure Henry més aviat del que es pensava. Com que aquells dies semblava que no hi havia *maritza* per exportar, el van destinar a la vigilància i instrucció d'aquell grup de negres —ara sabia que eren *nuer*— que havien arribat el dia abans.

Quan va ser a la ciutat vella, el sorprengué desagradablement l'espectacle dels negres que havien començat a treballar lligats pels peus amb unes cadenes, de tres en tres. L'encarregat de les excavacions li va donar un fuet per fer-lo servir damunt l'esquena d'aquells minyons si no feien bondat o no treballaven amb interès. Va haver de dissimular l'angúnia que això li produïa i començà a passejar-se entre els grups de treballadors. Quan s'apropava a un negre, sentia que dintre seu s'esqueixava alguna cosa en veure l'expressió de terror d'aquell rostre i com es portava les mans a la cara per evitar la garrotada.

Al sopar de la nit anterior els havien posat una dosi de somnífer. Així els havien pogut lligar sense trobar resistència. En despertar, doncs, es trobaren lligats. Pere es preguntava com era possible que s'haguessin deixat carregar al camió de Ti. Els devien haver enganyat. Potser els havien dit que els contractaven per a una expedició de caça... Sense fer anar el fuet, s'esforçava a fer-los comprendre què havien de fer i la manera de fer anar l'aixada o el tràmec. En un parell d'ocasions intentà apropar-se a Henry. Volia parlar-li. Volia fer-li comprendre que ell també havia anat a parar allí enganyat...

—He de parlar-te, Henry... —va dir-li en català, ben baixet, per evitar que l'entenguessin—. Hem de parlar.

Però Henry, en sentir-lo, no tingué prou serenitat per resistir. Es tombà d'una revolada. Deixà caure un bloc de pedra per terra i se li abraonà. No comptava que anava lligat de peus i, amb l'embranzida, arrossegà dos negres més i tots tres van caure per terra. Pere anava a ajupir-se per ajudar-lo, quan un dels altres homes que vigilaven, que havia vist tota l'escena, s'apropà ràpidament i descarregà un seguit de cops de fuet sobre l'esquena de Henry. El negre es recargolà per terra. Pere anava a fer acció d'aturar-lo, però va haver de contenir-se. No volia que ningú s'adonés de l'afecte que sentia per aquell negre. Cada vegada que el fuet colpia l'esquena de Henry, Pere s'estremia de cap a peus. Finalment, l'altre es cansà i deixà el negre amb l'esquena ratllada de vermell, regalimant sang damunt la pell tan fosca.

El van haver de deslligar dels altres dos, perquè tal com havia quedat no es podia moure i no els hauria deixat bellugar. El van deixar ajagut per terra. De tant en tant, Pere se'l mirava. Patia. Un cop que se li apropà molt, Henry el va veure i, sense aixecar el cap —no podia fer-ho—, va dir:

—T'escanyaré, no t'escaparàs...

Pere comprenia les raons que Henry tenia per parlar-li d'aquella manera. Tenia pressa d'explicar-li tot el que li havia de dir. Però era difícil de trobar el moment adequat. Hi havia d'altres blancs que s'haurien estranyat de veure'ls enraonar. Haurien sospitat de seguida.

Quan arribà l'hora de dinar, Pere s'oferí a quedar-se vigilant. Es posaren d'acord i es quedà també un altre blanc. La resta van anar a dinar al menjador. Mentrestant, uns esclaus que ja feia temps que vivien a la Ciutat de Ti van repartir el menjar als altres negres. Pere s'ho manegà de manera que li correspongués el sector on Henry havia quedat per terra. Així seria més fàcil de tenir-hi una conversa. Va deixar passar una estona. S'assegurà que l'altre vigilant no els mirava. Va mullar un mocador amb l'aigua d'una mànega que utilitzaven per xopar la terra i evitar la pols quan excavaven. S'agenollà al costat de Henry. Passà el mocador per les ferides. El negre s'estremí en sentir el contacte humit, però en veure que era Pere qui es preocupava d'ell, va fer una contracció dels músculs, un esforç per aixecar-se i atacar-lo. Però no podia. Ensorrà el cap entre les mans i no el mirà.

Pere dubtava. No sabia com començar. Temia la reacció de Henry, però no podia deixar passar més temps. Tornà a assegurar-se que no el veia ningú. Va engegar. Parlà en anglès, en veu baixíssima:

—Henry, pots pensar el que vulguis de mi... Em trobo lligat a aquesta gent. Ja t'ho explicaré quan pugui, però tu i jo hem d'estar d'acord...

I Henry gemegava:

—Mata'm ara que pots, assassí! Si no ho fas, et prometo que t'escanyaré així que pugui!

I Pere, pacient, prosseguia:

—Després faràs el que voldràs, però primer has de sortir d'aquí. Escolta'm bé: sóc un miserable i ho sé. Em mereixo que em castiguin, però si tu no surts d'aquí i avises el teu govern indicant on para aquesta ciutat, no hi haurà res a fer...

—Assassins, sou uns assassins...!

—Ja ho sé. No intento disculpar-me. Però voldria que em creguessis. Tinc tant d'interès com tu que surtis. M'has de creure...

Pere s'aixecà i va anar a fer un tomb. Arribà fins a l'altre vigilant i li va picar l'ullet. Tot anava bé, va fer l'altre. Els negres menjaven. Pere tornà al costat de Henry:

—Pensa el que vulguis, però has d'escoltar-me. No tindrem gaires ocasions de parlar, tu i jo. Si ens veuen junts, sospitaran. Hem de solucionar les coses ràpidament. Vull que surtis. Vull que vagis a demanar ajuda. Que portis els vostres soldats i que ens elimineu a tots plegats...

I Henry se'l mirà, per primera vegada, sorneguer:

—Per què no surts tu, valent? Saps què ets, tu? Una hiena, una hiena porca i pudent... I jo que vaig arribar a creure...

Es va mig tombar. Un gemec li havia tallat la frase. Pere tornà a humitejar-li l'esquena. Henry no el volia entendre. Henry no volia fer-se càrrec que en aquells moments era terriblement sincer. Pere insistia:

—Havia d'haver-te escoltat, Henry. T'asseguro que no sabia on anava a parar. Només sabia que em cobriria de bitllets. Jo volia diners. No tenia escrúpols. Les coses m'anaven bé per primera vegada a la vida. Què havia de fer? Què em farien fer? Contraban? Operacions clandestines? Això no tenia importància per a mi. Em trobava sense feina, no en tenia ni cinc. Era una gran oportunitat. Et juro que quan et vaig conèixer no sabia quina seria la meva feina... I ara no puc sortir. Ti em té lligat. A més, a tot arreu rebria. Té agents per tot el món. Estic enredat en accions prohibides: venc *maritza* i armes, trafico amb esclaus... He... he matat un home, Henry!

—Només un?

—Digues el que vulguis... Si no surto, Henry, si no aconsegueixo que algú destrueixi aquesta ciutat i aquesta gent, estic llest. Cada dia veig la cara d'aquell home que vaig matar. Estic disposat a sortir i posar-me a les mans del teu govern. Però no hi ha manera d'escapar. Estem controlats, estem vigilats...

No van poder continuar. Pere va veure que ja tornaven de dinar alguns dels blancs. Va parlar de Henry amb alguns d'ells.

—Deu ser una mica boig, aquest... És el primer dia; no sé què li deu haver passat... L'hauríem de portar a la infermeria, oi?

Examinaren les ferides. Tenien mal aspecte. Si no es feia res, es podrien infectar. L'encarregat de les obres manà que se l'emportessin. Pere demanà:

—Podria fer-lo portar jo mateix. Així veurà que cal obeirnos, però que no ens mengem ningú...

Van estar-hi d'acord. Aquell acte d'indisciplina podia perdonar-se per ser el primer dia. Més endavant hauria estat més greu. Ara, però, ja havia estat prou castigat, segons la mentalitat del vigilant, amb els cops de fuet que havia rebut. Tots sabien que aquella gent no eren com els *moru*, que s'esporuguien de seguida. Els *nuer*, com els de les altres races nilòtiques, eren valents i orgullosos. Tothom sabia que els era difícil d'acceptar l'esclavitud, però que, un cop assimilats, treballaven bé i de pressa, perquè eren volenterosos i intel·ligents. L'intent d'agressió a Pere era un acte que podia considerar-se normal, com normal havia estat també el càstig aplicat.

La llitera que transportà Henry a la infermeria va ser portada pels dos negres que havien estat lligats amb el mateix Henry. Pere els ensenyava el camí. Abans d'arribar, Pere encara va poder dir:

—Pensa en tot el que t'he dit. No sé què has vingut a fer aquí, però pensa que si vols fugir em necessites. I jo sé que també et necessito. No he fet cap pla, encara. Però ara, que som dos, les coses poden anar millor. No, no diguis res... Et comprenc, però pensa que em necessites. Rumia tot el que t'he dit.

Va callar durant la resta del trajecte. Henry semblava voler dir alguna cosa, però Pere va fer que no amb el cap. Després afegí:

—Ja en parlarem en una altra ocasió. Ara reflexiona. Pensa-hi...

Van passar uns dies. Henry era fort i la seva naturalesa respongué perfectament. Ja tornava a treballar com si res. Tant ell com Pere evitaren de mirar-se en passar a frec. Un dia, però, es trobaren molt a prop durant uns segons. El negre va dir en català com si parlés sol:

—No em fio de tu, però vull sortir d'aquí...

Pere va fer que sí amb el cap, lentament. Havia comprès, però la veritat era que no tenia cap pla. No pensava en cap altra cosa, però per més que ho estudiava, per més voltes que hi donava, més difícil ho trobava.

A l'hora de dinar, Hans li digué, amb misteri:

—Anem a caçar, i tu véns, també...

Era la primera vegada que sentia dir que d'allà sota sortia una expedició de caça. Una cacera pel desert? Calia preparar-se i esperar...

Però no va ser ben bé una cacera, aquella expedició. Va ser únicament una exploració del territori on gairebé tot el personal de la Ciutat del Senyor Ti hauria de participar, més endavant, en un safari extraordinari i original dins una mena de parc zoològic, en una reserva d'animals africans...

Quan Pere tornà de l'exploració, dos dies més tard, havia pogut fer-se càrrec que se li presentava la primera i potser l'única oportunitat que tindria d'escapar de les urpes de Ti i de la seva organització.

No sabia quin dia anaven a caçar, però els preparatius i les sessions d'estudi que feien sobre uns plànols del parc feien preveure que seria molt aviat. Pere havia madurat el seu pla. Calia actuar de pressa. En primer lloc, havia de parlar-ne amb Henry. S'arriscà i, en la primera ocasió, li deixà anar unes paraules a mitja veu. El xicot va fer que sí.

El mateix vespre, havent sopat, en lloc de ficar-se a la seva cambra, Pere caminà pels passadissos. Distretament, com per casualitat, anà a parar a la ciutat vella. Tot era a les fosques. Es va treure una llanterna de la butxaca, però no la va encendre perquè sabia el camí de memòria. En ser al lloc que havia de ser la cambra mortuòria, sentí una veu molt baixa que el cridava. S'apropà al sarcòfag de Ti, encara en construcció, i d'entre uns blocs de pedra sortí la figura de Henry Balua. Pere l'enfocà amb la llanterna. Era ell. El negre es ficà dins el sarcòfag i Pere es va asseure al costat mateix. Així, si el veia algú, pensaria que estava sol, meditant.

Van començar a parlar en veu baixa. Al principi, Henry desconfiava encara, però de mica en mica entrà en la conversa amb foc. Era l'única sortida que tenia. Puntualitzaren tots els detalls i Pere tornà amb posat tranquil, però amb l'ai al cor, cap a la seva cambra. Ningú no s'estranyaria de veure'l passejar tan tard. D'altres ho feien, també. Al mateix menjador, que quan acabaven els àpats es convertia en sala d'estar, sempre hi havia algú jugant a escacs. Henry, en canvi, es quedà tota la nit a la ciutat vella. L'endemà no li costaria de barrejar-se amb el grup dels altres negres que hi anirien a treballar... A més, ja els havien tret els lligams, passats els primers dies...

Tercera part

La fugida

I
La cacera

ARRIBÀ EL DIA DE LA CACERA. PERE ESTAVA NEGUITÓS perquè no sabia de segur si Henry seria inclòs en l'expedició. Tot depenia d'allò. Fer algun pas per aconseguir-ho hauria estat perillós. Pere entaforà a la seva motxilla moltes més coses de les que els altres es podien imaginar: medicaments, conserves...

La gent de Ti no preveia que poguessin presentar-se obstacles imprevistos... Pel que semblava, aquells dies se celebrava un congrés al qual havien d'assistir els càrrecs principals de totes les reserves de feres de la regió africana on Ti i els seus havien establert el camp d'operacions. L'home que quedava de responsable al parc escollit era un agent de Ti. Acabada l'operació, havia de fugir amb ells. Per ordre seva, els vigilants haurien d'estar col·locats als racons més allunyats del centre d'operacions del parc. La porta per la qual haurien de sortir amb el carregament de feres no oposaria cap resistència. El responsable tindria cura de deixar fora de combat els encarregats de controlar-la. Res no feia preveure dificultats.

Sabien quines eren les bèsties que havien d'atreure'ls més l'atenció. Tenien la missió de caçar els exemplars de races a punt d'extingir: ants gegants —una mena estranya de cérvols—, rinoceronts blancs —*abu garn*—, i també, naturalment, lleons, búfals, girafes, antílops —*tiang*—, estruços, elefants...

Enllestida la cacera, els homes de més confiança havien de conduir els camions a un indret desconegut de no se sabia quina frontera ni quin país...

Ti i uns membres de la guàrdia van acomiadar l'expedició d'helicòpters. La ciutat quedà força solitària.

Quan van sortir a la sorra del desert, era, com de costum, de nit. Algun negre gemegava, però la majoria ja no s'estranyava de res després de conviure una temporada amb els homes blancs. Portaven altra vegada les llances, que els havien tornat, i també havien rebut instruccions. Havien de fer un paper important.

Pere, assegut al costat d'aquells homes de color, s'estranyava de la facilitat amb què s'adaptaven. Hauria volgut trobar-hi una guspira de rebel·lió, un sentit d'indisciplina, però era inútil. Aquells cossos alts i esvelts, que tenien uns rostres transparents, delicats i intel·ligents, se sotmetien amb docilitat a la veu de l'home blanc que els manava. Tretes les cadenes que els havien mantingut lligats en grups de tres, semblava que dins la ciutat feien una vida normal.

Pere els havia vist a les hores dels àpats i quedava parat de veure la cara de satisfacció que feien i les bromes que es gastaven. I és que no comprenia que estaven acostumats a tota classe de misèria i que, ancestralment, tenien ja el camí creat de l'esclavitud. I a la Ciutat de Ti menjaven cada dia. I menjaven suficient...

Pere despertà en sentir un sotrac. L'helicòpter acabava de posar-se a terra, al mig d'una clariana del recinte de les feres. Si no hagués estat per les pistes que facilitaven la comunicació amb els centres importants del parc, ningú no hauria cregut que allò no era la jungla. Van dissimular la presència dels helicòpters sota uns arbres, i s'entaforaren dins una mena de garatge i magatzem que la gent del parc havien construït aprofitant una cova enorme. Els negres estaven inquiets. Havien olorat la presència de les feres. El seu instint caçador s'havia desvetllat. Si els haguessin deixat fer, s'haurien lliurat, segurament, a les seves danses i als ritus que precedien la gran cacera.

Pere tampoc no estava tranquil, perquè encara no havia vist Henry. Passejà entre els homes que havien viatjat en d'altres aparells i, finalment, el trobà. Era difícil de distingir-lo amb la migrada claror que hi havia allí dins, i més barrejat amb els altres negres. Van canviar una mirada d'intel·ligència. Van passar tot el dia encongits, no físicament, ja que la cova era prou gran, sinó per l'espera, que es feia inacabable. En començar a fer-se fosc, van fer un sopar molt lleuger i es prepararen. Tothom sabia quina havia de ser la seva missió.

Pere i Henry sabien, també, quina era la seva, malgrat que fos ben diferent...

Els blancs van pujar als jeeps que hi havia a la cova. Anaven dos en cada vehicle, llevat d'un que en carregà set: eren el cap de l'expedició i els xofers que havien de transportar les peces caçades amb els camions.

Pere compartí el jeep amb Hans. Lamentà que fos, precisament, Hans, perquè així li seria més difícil actuar amb violència. Però l'acció començava. Els jeeps van començar a moure's. Anaven tots en la direcció indicada, a una distància determinada l'un de l'altre. Tots cap a acorralar les feres. Entre vehicle i vehicle —que marxaven a poc a poc— anaven quatre o cinc negres, espaiats. Així, en alguns moments, els d'un jeep no veien els de l'altre, però es feien càrrec de la velocitat que havien de portar per la presencia dels negres que marxaven entre ells. Els blancs que anaven al jeep i que no havien de conduir portaven uns rifles carregats amb uns projectils especials. Eren unes bales hipnòtiques, que en lloc de matar, gràcies al narcòtic que contenien, produïen una mena de son de manera gairebé immediata, i això permetia lligar les feres i capturar-les amb vida sense perjudicar-les.

Avançaven a poc a poc. A mesura que s'endinsaven en la jungla, el camí era més difícil. Sorprenia trobar aquella vegetació després d'haver estat rodejats tant de temps de sorra. Però tots sabien el camí de memòria, primer per haver-lo vist ja en una altra ocasió i després per haver-lo estudiat a consciència sobre uns plànols. Henry se les havia enginyat per anar a peu al costat del jeep que conduïa Hans amb Pere de tirador. En el misteri de la nit africana, s'havia fet un estrany silenci. Els animals havien emmudit en sentir roncar els motors que estripaven amb el seu artifici l'ambient natural del parc.

De sobte, Henry grinyolà i s'apropa al jeep. Cridava llastimosament. Es portava les mans al cap i saltava ensenyant la cama. Com que tenien ordres de no aturar-se per res, Hans no feia cas dels crits de Henry. Pere, llavors, es disposà a actuar. Mirà a la dreta i a l'esquerra. En aquell instant no els veia ningú dels altres jeeps. En coneixien l'existència per la cadena de negres que continuaven avançant. Pere parlà en català amb Henry:

—Què, comencem a ballar-la?

I Henry, mentre gemegava i assenyalava la seva cama, contestava:

—Un escurçó m'ha fiblat! Em moro!

Hans no en feia cas, però estava intranquil. Pere va dir:

—Hans, atura't un segon! L'ha mossegat una serp!

Malgrat les ordres que tenia, l'alemany afluixà la marxa encara més. Els negres que tenien al costat miraven i no sabien què fer. Pere els indicà, amb un moviment de mans, que continuessin endavant. Així ho van fer. Hans deia:

—Tu saps que no podem parar...

I Pere:

—L'ha picat una serp, mira... Para, para un moment! El carregaré al jeep!

I Hans s'aturà. Al cap d'uns moments, els negres ja eren deu o dotze passes més endavant. Henry retardava la maniobra de pujar, seguia amb els seus planys. Els altres negres es van fer fonedissos. Hans estava nerviós. Pere el tranquil·litzava. Henry s'assenyalava la cama. Continuava planyent-se. Hans no es pogué estar d'engrapar-lo:

—Puja d'una vegada!

Pere mirava amb neguit més enllà. Ja no es veia ningú, però se sentien, propers encara, els sorolls dels altres motors. Va procurar de perdre temps.

—On tenim els medicaments?

I després:

—Espera. He de posar-li la vacuna...

Però Hans ja no podia més.

—Tu fes el que vulguis, però jo no continuo més estona aturat!

Anà per engegar el vehicle. Henry va fer que sí a Pere, amb el cap. I Pere, traient-se la pistola de la funda, digué:

—D'acord, Hans, però fes mitja volta i torna a la clariana!

2

Henry i Pere a l'atac

HANS QUEDÀ GLAÇAT. INTENTÀ PARLAR:

—Ets boig! Ens vols perdre! Ets boig!

I Pere, amb decisió:

—Em sabria greu fer-te mal, Hans. Em sembla que ets l'única persona decent que hi ha en aquella maleïda ciutat, però aquesta és la meva oportunitat. Porta'ns a la clariana!

La cosa era seriosa, pensava Hans. Maniobrà el vehicle i continuà:

—Ti ens matarà, Peter... Ja ho saps. No té compassió. Ens liquidarà a tots plegats... I —assenyalant el negre— amb aquest no aniràs gaire lluny. No saben ni on tenen la mà dreta, aquesta gent...

Henry l'havia entès. No contestà en alemany perquè no en sabia prou, però digué en anglès:

—És cert, no sabem on tenim la mà dreta, però vosaltres no sabeu si teniu cor...

L'astorament de Hans havia arribat al màxim. No comprenia com aquell salvatge s'expressava tan bé en anglès. Pere li manava pressa. Aviat van tornar a ser a la clariana. Van mirar els helicòpters amb ràbia. Ni Pere ni Henry no sabien fer-los funcionar. Hans va dir, abans que l'interroguessin:

—No, no sé com funcionen i, creu-me, Peter, que ho lamento... Ara m'agradaria venir amb vosaltres...

Pere interrogà Henry amb la mirada. El negre va fer que no. Pere digué:

—Despulla't, Hans. I tu, Henry, posa't la seva roba. Sempre marxaràs millor per la selva.

Hans obeïa com un autòmat.

—Però, pe...rò si em de...deixeu així, em mataran... Es pensaran que us he deixat escapar...

—Et lligarem en un arbre. No t'he volgut deixar a la selva perquè no t'haurien vist, potser. En canvi, aquí et trobaran. Ho sento, noi. Et clavaré una trompada. No et faré mal; però cal demostrar que has lluitat... Adéu... Sort!

I Pere colpejà el cap de Hans amb la culata de la pistola. El xicot rodolà per terra. Van fer-li uns talls superficials. Van embrutar-li la roba interior amb sang i després el lligaren en un arbre.

Henry, mentrestant, s'havia tret la pintura de la cara i s'havia vestit amb aquella roba. Pujaren altra vegada al jeep. El negre s'assegué al volant. Havien fet uns centenars de metres quan frenà sobtadament. Pere se'l mirà estranyat. El vehicle va fer marxa enrere.

—Què et passa? Hem tingut la sort que ens sortís bé i ara...

—Calla! Tinc una idea... Per què no hi hem pensat abans?

—Què vols dir?

—Els helicòpters!

—Sí, i què?

—Els espatllarem! El perill més gran és la persecució aèria, oi? Doncs la feina que tindran...

Van tornar a passar davant Hans, lligat a l'arbre. De seguida van ser al costat dels helicòpters. Barroerament es dedicaren a destrossar els motors. No hi entenien i no sabien de quina manera els perjudicarien més. En trobar els dipòsits de carburant, no dubtaren més. Els foradaren a cops de martell i amb unes escarpres que hi havia entre les eines. Els hauria agradat de calar-hi foc, però s'hauria vist massa i tothom hi hauria acudit de seguida.

Havien treballat amb nervi. Amb més pressa que eficàcia, segurament. Quan es pensaren que havien enllestit, es precipitaren al jeep. Van marxar en direcció oposada a la que havien seguit els homes que anaren a buscar els camions. Aquests eren el perill immediat. Depenia de l'estona que tardessin a tornar a ser a la clariana...

Pere recordava perfectament el plànol i sabia que per aquell camí també trobarien una sortida. Però el que desconeixia era on anirien a parar, ja que únicament havia vist els detalls del parc, però no tenia ni idea de la seva localització dins la geografia africana. Henry havia dit que allò, de moment, no els havia de preocupar. Que el que calia era posar terra entre la gent de Ti i ells dos.

Henry conduïa. Seguien el camí que hi havia marcat lleugerament. Els sorprenia la calma que regnava pertot arreu. Pere mirà el rellotge. Feia tres quarts que havia començat el ball. Els altres devien avançar a poc a poc, acorralant les feres. Tenien feina per hores, encara. Per aquella banda no havien de patir gens. Els preocupava, naturalment, la gent que havia anat a buscar els camions. Pere imaginava, amb satisfacció, la cara que posarien en veure els helicòpters inutilitzats. Va pensar, també, en la feina que tindrien a tornar a la Ciutat de Ti si no disposaven dels aparells... Com que conduïen amb prudència, perquè el camí era poc definit i de nit podia ser perillós, conversaren amb més tranquil·litat de la que havien pogut gaudir des del moment que s'havien retrobat sota la sorra del desert. Henry començà:

—Peter, he de donar-te les gràcies pel que has fet avui... Si sortim vius d'aquesta, t'asseguro que me'n recordaré per sempre més...

Pere no contestà. Era feliç de sentir-li dir allò. Però una ombra va enterbolir-lo de seguida. El record d'aquell negre que havia matat!

—Henry, jo... En fi! Tenies raó tu, aquell vespre, a Wadi Halfa... Aquesta gent és menyspreable! I jo, jo sóc un d'ells, Henry... Si sortim vius d'això, em presentaré a la justícia del teu país...

—Però si t'has portat com un home!

—Em vaig trobar embolicat. Jo creia que era una feina fàcil. Encara que fos al marge de la llei, no em pensava que ho fos tant. Contraban, tràfic clandestí... Tot això no m'hauria preocupat gaire... Però de seguida em començaren a perseguir: primer, al meu país; després, al teu... Quan ens vam conèixer, acabava de passar d'estranquis plànols de les obres del temple de Ramsès II...

—Sí, ja els vaig veure a la Ciutat de Ti. Era la feina que feien quan vaig arribar... Reproduccions! Però això no tindrà importància...

—Si això fos tot... Henry —i Pere estrenyé el braç del negre—, Henry, ja t'ho vaig dir: he matat un home. Un negre, saps?

Henry se'l mirà d'esquitllentes. Els arbres, en aquell moment, tapaven la lluna. No podia veure-li la cara, però, pel to amb què parlava, podia imaginar-se-la. Era una veu fosca, plena de vergonya, però amb una decisió ferma.

—Això és greu, Peter... Per què, per què vas fer-ho?

—No hi havia motiu. Vaig matar-lo. Això és tot. No vull disculpar-me. Ti té una declaració meva, firmada, en la qual ho confesso tot...

—Ah, és això...? —i Henry esclafí a riure.

—No té cap gràcia...

Henry no podia parar. Allò era ben còmic. Però Pere no podia suportar-ho. El sacsejà. Henry preguntà:

—Era un *shylluck*, oi?

—Com ho saps?

Henry va comprendre que s'havia precipitat i que el que anava a dir podia fer canviar les coses. Va parar de riure. Es posà greu i preguntà, primer:

—La teva decisió d'anar contra Ti es deriva de l'assassinat, només?

—Què vols dir?

—Si continuaries essent un dels homes de Ti i no tindries interès d'escapar, si no haguessis mort aquell negre...

Pere no sabia on volia anar a parar l'altre, però s'engegà:

—En primer lloc, la meva aversió per Ti neix d'aquell fet, com pots comprendre... Però si avui, ara, tu m'ensenyaves i esquinçaves davant meu aquella declaració meva deslliurant-me de tot compromís, jo continuaria fugint i essent un enemic d'aquell home... Comprens?

—Sí, això ho entenc... Però encara vull anar més enllà... Figura't que no has matat ningú, que allò que tu et penses no és veritat... Continuaria el teu odi per aquell home?

—No sé què penses de mi... Ara comences a conèixer-me... Jo mateix tampoc no em conec gaire bé. No sé del que sóc capaç, però puc assegurar-te que si bé sóc un aventurer, no sóc un criminal. Si Ti s'hagués dedicat al tràfic de *maritza*, segurament que no m'hauria preocupat gran cosa... Però no puc col·laborar amb un mercader d'esclaus, ni amb un home per al qual una vida humana no té cap valor... No, encara que no hagués passat allò del negre, continuaria fugint i lluitaria contra seu...

—M'ho promets?

—Tu diràs!

Henry va callar. En aquell instant se sentiren unes remors sordes, en la llunyania. Va fer:

—No sents? Ha començat la cacera! Ja disparen...

—Sí! Tornem a allò que deies. Volies explicar-me alguna cosa, oi?

—Tu no has matat cap *shylluck*, Peter...

—Però si ho vaig veure amb els meus propis ulls!

—Ja ho sé! És un comediant. Aquests dies l'he conegut. Cada vegada que Ti contracta algú, ell fa la mateixa comèdia.

Darrere la diana hi ha un recambró que tu, en fer punteria, no veus perquè és tapat pel cartó de la diana. Dins el recambró hi ha una porta. Quan se sent el tret, el negre es deixa caure dins el recambró... Quan el transporten i passa pel teu costat, algú li destapa la cara. Treu bromera pels llavis. És un especialista. El qui ha disparat està massa esverat per fixar-s'hi.

—Oh, no pot ser!

—És cert... Ti sap que el negre ni cap dels altres no ho sabrà explicar als blancs. Així juga amb tots els avantatges. Tu comprens que Ti, tant com li agraden els diners, sigui capaç de sacrificar la vida d'un negre quan sap que és una mercaderia de la qual pot obtenir un preu elevat?

Pere no podia creure el que li acabava d'explicar el seu amic. De sobte, amb aquelles paraules, se sentia net de culpa, lliure com un ocell. I com un ocell, encara tenia més ganes de volar. Per dintre seu van trabucar-se tot de pensaments. Estava emocionat. S'apropà a Henry, va estrènyer-li el braç i va dir:

—Gràcies per la confiança de dir-m'ho. Em sento un altre home... No et preocupis, que per res del món no voldria tornar enrere a encauar-me dins la Ciutat de Ti. Ara puc dir-te que, en realitat, després de saber-ho tot, m'interessa més encara de fugir. Fa unes hores que pensava que, si la fuga no ens sortia bé i ens caçaven, ens liquidarien. M'era igual. Valia més caure després d'haver lluitat, després d'haver donat la cara, que no pas viure enterrat allí dins, consumir-me lentament amb el pes del remordiment... Henry, hem de salvar-nos, ara!

Henry va somriure. Es feia càrrec de tot el que passava pel cervell de Pere. Va fer que sí amb el cap i, com per correspondre a aquell desig, clavà embranzida a l'accelerador. El jeep es llançà a una cursa ràpida.

Van passar uns minuts en silenci. El camí continuava davant seu, fàcil i tranquil·litzador. De tant en tant se sentia algun soroll estrany que sortia d'entre el fullatge. Alguna fera devia interrompre el seu son a causa del motor que espetegava allí mateix. Pere havia de portar-se les mans a la cara amb continuïtat per escampar els insectes que s'hi posaven.

De tant en tant canviaven algunes paraules per comentar la marxa i les possibilitats d'èxit. Havien deixat de sentir la remor dels trets dels caçadors. Ja eren molt lluny.

Feia més de tres hores que havien deixat la clariana amb els helicòpters. Pere calculava, segons la idea que tenia dels plànols, i d'acord amb la marxa que portaven, que ja no podien tardar molt a arribar a la sortida de la zona de reserva dels animals. Tots dos es preguntaven si trobarien gaires dificultats per sortir del parc.

Va passar una hora més. Encara era negra nit. El rellotge de Pere marcava quarts de quatre de la matinada. Aviat començaria a clarejar. Havien de sortir d'aquell indret abans de fer-se de dia.

De mica en mica, la vegetació escassejava i la pista es feia més ampla. Aviat va ser asfaltada. Henry conduïa amb precaució. Anava a agafar un revolt, quan frenà. A menys d'un centenar de metres de distància hi havia una edificació d'on sortia llum. Henry saltà del vehicle. Pere anava a seguir-lo, però el negre digué:

—Tu, queda't aquí, al volant. A punt d'engegar el jeep. Vaig a investigar...

Agafà la pistola que havien pres a Hans i corregué cap a l'edifici, protegint-se darrere uns troncs dels arbres que flanquejaven el camí fins a la casa. Pere el va veure saltar una estacada i mirar a través d'una finestra. Després, la silueta va desaparèixer.

Pere s'impacientava. L'única cosa que el tranquil·litzava era que no se sentia cap mena d'aldarull. Tot era en repòs, com quan havien arribat. De tant en tant, l'esgarip d'un ocellot trencava aquell silenci i li feia córrer un calfred per l'espinada. Premia el volant amb neguit. Va mirar el rellotge. Solament feia un parell de minuts que no veia Henry, i li feia l'efecte que havien passat hores senceres... De sobte, el va veure aparèixer. Pere el mirava fer, fascinat. El va veure córrer cap a una estructura metàl·lica que s'aixecava al costat de l'edifici i, de seguida, s'obrí una mena de porta. Pere, gràcies a la llum d'uns fanals que penjaven a la paret, va veure que Henry bellugava els braços com si li digués que havia de marxar en aquella direcció. Dubtà uns segons, no fos cas que interpretés malament aquell senyal. Però va veure que l'altre, impacient, seguia amb aquell joc fins que començava a córrer cap a ell. Llavors desembragà i llançà el jeep cap a la porta. En ser-hi a la vora, Henry saltà dalt.

—De pressa, Peter!

Van travessar la porta a tota velocitat. Allò era com una mena de pont llevadís. Sota mateix, i per tot el llarg que s'endevinava seguint el camí que marcava la tanca de metall, hi havia un fossat molt profund. Allí acabava el parc. L'aventura s'obria davant d'ells.

No gosaven obrir la boca mentre corrien pel camí que portava fora el parc. Encara que el cel servava la foscor de la nit, semblava que per la línia de l'horitzó alguna cosa esdevenia més clara. De mica en mica s'aclarí tot i van trobar-se al mig d'una extensió de terreny completament plana, sense vegetació, exposats a qualsevol mirada indiscreta. Pere interrogà llavors Henry:

—Què hi havia a la casa?

—Uns vigilants...

—No t'han vist?

—Estaven ebris. Jeien per terra i tenien al costat tot d'ampolles de *maritza*... Ti fa les coses ben fetes. Se n'assegura... Hauria pogut entretenir-me molta estona allí dins. Segur que hauria trobat alguna cosa interessant... Únicament sé que això ja no és territori sudanès... Aquest fet augmenta el perill. Encara que fóssim al meu país, no m'hauria atrevit a presentar-me al primer poble que trobéssim... Ti podria haver comprat les autoritats o, en la seva acció de represàlia, podria eliminar-nos a tots plegats. Però ara, que pel que sembla som al Congo o a Uganda, molt a prop del llac Albert, caldrà que ens amaguem de Ti i els seus, i de la gent d'aquí, als quals seria molt difícil d'explicar la nostra presència.

Pere reflexionava.

—Però, escolta. Això del llac Albert és molt cap al sud, oi?

—Ja ho crec! Gairebé toquem l'equador...

—Així, la Ciutat de Ti és...

—No t'embalis... Pensa que pot ser molt lluny. Quantes hores vam volar, ahir a la nit?

—Sortíem a les deu del vespre i érem a lloc a un quart de quatre de la matinada... Cinc hores!

—A una mitjana de cent cinquanta quilòmetres, la Ciutat de Ti pot ser a set-cents quilòmetres de la frontera sud del meu país... Això ens fa situar-la més amunt de Tonga, Malakal o Kodok, més amunt del Bahr-el-Gazal...

—És dolent, això?

—No sé què dir-te. La cosa que em preocupa més és que sigui tan lluny de Khartum. De dia, i amb el jeep, no podrem fer gaire camí. Tard o d'hora ens pescarien. A més, s'acabarà la gasolina... El fet més interessant és que som fora. Ara, però, hem de procurar no caure a la gola del llop...

Pere, de sobte, es fregà els ulls. Els obria com unes taronges. Exclamà:

—Tu, Henry! Mira! Deu ser el llac, allí, a la dreta...

El negre somrigué.

—Vols dir?

—Sí, fixa't! És aigua! Fa onades...

Henry comentà:

—És un miratge, saps? Tot això només és sorra, Peter... És un fenomen curiós, oi?

I Pere:

—Ja hi som! Tens raó... Ja m'havia passat quan sortíem de can Ti amb els camions. Diria talment que és aigua...

Quedà uns minuts més mirant i tancant els ulls alternativament. Aviat van ser altra vegada dins la jungla. El miratge es va fondre. Per algun atzar, entre l'espessor del parc que acabaven de deixar i la selva on anaven a entrar hi havia una llenca de terra sense vegetació, entre sorrenca i roquissa... Allí era on haurien pogut ser descoberts de seguida, però ara ja tenien més confiança de dissimular la seva presència, ja que altra vegada tornaven a ser engolits sota una espessa vegetació d'arbres, d'herbes, de matolls... Malgrat l'existència d'un camí força marcat, tots dos s'adonaven de la urgent necessitat d'apartar-se'n. La gent de Ti, en adonar-se de la fugida, ja devia haver organitzat la persecució. Inutilitzats, momentàniament, els helicòpters, calia esperar que els empaitarien amb algun jeep. Tenien un cert avantatge, encara que no podien saber el temps que els portaven. Tots dos callaven, però pensaven el mateix. Imaginaven el rebombori que es devia haver fet entre els caps de l'expedició i després, en escampar-se la nova, entre tota la gent de Ti que hi havia dins el parc. Què li devia haver passat a Hans?

—Pobre Hans! Lamentaria que li passés alguna cosa... M'hauria agradat d'emportar-me'l amb nosaltres.

—Ja ho he vist! Ben mirat, potser ens hauria sortit bé, però això hauria canviat el nostre pla. Vés a saber què hauria passat! Tu el coneixies bé, oi?

—No gaire... Allí no era possible de conèixer ningú del tot... Vaig procurar no fer amistats... Haurien pogut endevinar que volia escapar. Però Hans semblava diferent... Alguna vegada m'havia semblat que se'm volia confiar, però no li havia donat facilitats... Espero que es faran càrrec que érem dos contra un...

Pere callà. Conduïa ell des que havien sortit del parc. El camí no oferia dificultats, encara. Henry va agafar la seva llança. Pere el mirava de reüll.

—Què vols fer?

—Ja ho veuràs...

Henry descargolava la llança i la deixava en dues peces. De dins una en començà a treure objectes.

—Tu, què és això?

—És una llança especial... Hi ha una brúixola en miniatura que ens pot ajudar força... I mapes, també... Continua conduint, que jo intentaré orientar-me...

Henry examinava el mapa. De tant en tant feia alguna exclamació.

—Em sembla que ja sé on som!

—On?

—A Uganda... Estem a punt de travessar la frontera!

—Fantàstic! Ens presentem a la policia i...

—Tu et penses que ets pels Pirineus, a prop d'Andorra... La feina que tindríem per trobar algú per aquí! De moment, haurem de deixar el camí. Si aconsegueixen d'arreglar un dels helicòpters, ens empaitaran per l'aire... En canvi, procurarem trobar el riu. Un cop allí, les dificultats poden minvar, o créixer, vés a saber...

—Ja seria hora que trobéssim un lloc amb aigua!

—Sí... A no gaires quilòmetres d'aquí hi ha la frontera i, de seguida, el Bahr-al-Yebel, el Nil Blanc. Crec que aquest ha de ser el nostre objectiu...

Els insectes, a la claror del sol, per un estrany contrasentit, no molestaven com de nit. Ara, en lloc d'apropar-se, més aviat fugien d'aquell estrany animal de ferro que corria jungla enllà... Els pensaments de tots dos van tornar a coincidir. Henry aixecà el cap del mapa i va dir:

—Voldria veure què fa aquella gent!

Pere va fer que sí, que ell també...

—...i saber si han pogut arreglar els helicòpters... Hem tingut sort, val a dir-ho. No havíem pogut sospitar tenir-ne tanta amb això dels helicòpters... Ara ja hauríem hagut d'abandonar el jeep i córrer a peu...

—Sí, però haurem de fer-ho aviat. Se'ns acabarà el carburant...

—Hem de procurar que sigui ben lluny...

No avançaven tan ràpids com haurien volgut. A més, el camí feia molts de revolts i pujava fort. Cada vegada era més dolent. Es veia ben clar que no era un camí fressat. El mapa, va comentar-ho Henry, ni l'assenyalava. La brúixola els orientava, ja que pel mapa no podien saber on anaven a parar. Henry, mentre Pere conduïa, agafà la motxilla i en tragué algunes provisions. Va començar a menjar. Comentà:

—Hem de ser sobris... Cal fer allargar tot això. No sabem el temps que voltarem per aquí... —s'apropà la cantimplora als llavis i solament els humitejà. Prosseguí—: L'aigua sí que cal estalviar-la. Ens és més necessària que la teca!

En efecte. A mesura que el dia s'havia aixecat, el sol cremava de valent. Feia una calor pesada. Les gotes de suor els regalimaven per la cara, pel pit, per l'esquena i per les cames... Tot cremava malgrat tenir al damunt una mena de sostre fet amb el fullam d'uns arbres gegantins que limitaven les vores del camí. N'hi havia prou, però, de travessar una mica de clariana per ser colpits per la xardor brutal del sol.

Henry suportava perfectament aquella temperatura, perquè hi estava avesat. En canvi, Pere, que havia viscut a Europa, de Barcelona en amunt, amb preferència a Alemanya i Anglaterra, se sentia sufocat. Però l'empenyia en direcció nord aquell fugir vibrant de la línia de l'equador i de la gent de Ti, amb tot el record de reclusió, por i tirania, barrejat amb el sentit de culpabilitat, que començava a esvair-se des que sabia la veritat de l'afer del *shylluck*.

Quan Henry deixà la cantimplora a lloc, amb tota cura, acabaven d'arribar a un indret força elevat, un xic despoblat d'arbres, des d'on es contemplava, amb visió panoràmica, el paisatge que acabaven de travessar. Pere frenà el jeep. Henry va entendre. Agafà els binocles i començà a resseguir detingudament el camí que havien fet i que semblava una serpeta entre aquella superfície basàltica que havien trobat a la sortida del parc. Des del punt on es trobaven, era ja impossible de veure'n la sortida, però tampoc no veien cap vehicle que els empaités. Henry comentà, tot mirant:

—O ja són dins la jungla, més a prop del que voldríem, o tot just encara no han sortit del parc...

—I no podria ser que intentessin fugir cap a la Ciutat de Ti, ràpidament?

—Això, per a nosaltres, seria ideal... Però, pots creure que actuaran així? Fixa't bé... Ara, tu i jo, per a Ti i els seus, som el perill més gran que poden haver tingut en els vint anys que han estat al desert... Fins ara ningú no ha sospitat la seva presència. I ara no és solament una sospita, sinó que és el testimoni viu de dues, fixa't bé, de dues persones que han aconseguit fugir-ne... A tu què et sembla que han de fer?

—Empaitar-nos, naturalment...

Pere s'entristí una mica. De sobte exclamà:

—I si calàvem foc al bosc, darrere nostre?

—Això es fa a les pel·lícules, oi? Imagina't que el vent es girava en la nostra direcció: ja hauríem begut oli... No m'agrada la idea de cremar boscos, però, ara, en aquest cas decisiu, no dubtaria de fer-ho si havia de comportar la fi de la persecució... Però és una arma massa perillosa. Podria eliminar-nos, també...

Pere assentí. Havia dit una ximpleria. Henry continuava amb els prismàtics als ulls. Digué:

—Potser ara perdem un temps preciós, però donaria qualsevol cosa només per saber on són...

Pere, mentrestant, baixà del jeep. Tenia les cames encarcarades. Volia bellugar-les. Feia més de dotze hores que no havia baixat del vehicle, assegut, en plena tensió. Començava a estar cansat. Va fer uns lleugers moviments gimnàstics i unes quantes flexions. Caminà uns passos...

3

Una selva viva i perillosa

DE SOBTE, TOTA LA SELVA HAVIA COBRAT LA SEVA VIDA normal davant Pere. Fins en aquell moment, llevat del contacte neguitós dels insectes durant la nit, gairebé no s'havia adonat que es trobava en un lloc viu, on hi havia éssers que es bellugaven, que corrien, que feien xivarri, que tenien gana... Fins en aquell moment, el soroll del motor i els seus nervis li havien fet oblidar tot allò. Després, en aturar-se, tota la jungla havia quedat suspesa davant la meravella tan poc freqüent d'aquell aparell de ferro amb càrrega que es movia. Ara, tot, també, prenia vida en veure que un dels ocupants del vehicle entrava en el seu cercle.

Pere s'esverà. De darrere uns arbres va sortir un ramat de zebres que galopà esbojarradament i s'allunyà. Sobre el seu cap, uns micos feien equilibris. El cant estrident i metàl·lic d'uns ocells amagats, però propers, el va fer saltar enrere. En posar un peu a terra, s'adonà que trepitjava una cosa tova. Es llançà amb dues gambades cap al jeep, mentre una serp, tan sorpresa com ell mateix, es desvetllava de la seva dormida al sol.

Arribà al vehicle amb el cor en un puny. Li costà d'enfilar-s'hi. No trobava el lloc on posar els peus. Henry s'adonà que li passava alguna cosa. Mirà al voltant i no va veure res d'extraordinari. La mateixa serp havia fugit, impressionada.

—Què tens, què et passa?

Els xiscles dels ocells recomençaven. Era esfereïdor.

—És... és tot... tot això... Tot es be... belluga... He trepitjat una serp... Aquests crits...

Henry va comprendre que allò que sentia Pere era la mateixa impressió que rebria un camperol si es desvetllés, de sobte, enmig de la circulació d'una gran ciutat... Va dir:

—Som-hi! No es veu ni rastre d'aquella gent. És sospitós. Potser els tenim a quatre passes. Hem de fugir. Ja conduiré jo... I no et preocupis... La jungla és perillosa, però anem armats. I «ells» —parlava dels habitants de la jungla, com si fossin persones—, «ells» no acostumen a atacar llevat de quan tenen gana... Per cert, que tu has d'esmorzar!

Va engegar el jeep. Pere estava amarat de suor. El cor li anava molt de pressa. Havia pensat que tot seria més o menys com dins la reserva de feres, però acabava d'adonar-se del seu error. Dins el parc, les feres vivien en pau. No tenien necessitats. L'alimentació els era facilitada regularment. Les bèsties havien arribat a la conclusió que no els calia emmagatzemar teca en el rebost imaginari... L'home proveïa quan les vaques magres. En canvi, allí, a la veritable jungla, tot era diferent. Calia espavilar-se... «Qui no s'espavila, no menja anguila...», es va dir, però s'esgarrifà perquè la imatge de l'anguila s'associà amb la de la serp que acabava de trepitjar. Eren unes bèsties llefiscoses, les serps. Semblaven Ti i els caps...

Es recuperà a mesura que el soroll del motor ofegava els crits de la selva, i, prenent-s'ho amb filosofia, obrí la motxilla i menjà amb interès. Després, en beure, recordà el que havia dit Henry abans. De bona gana hauria engolit mitja cantimplora, però sabia que no podia ser. En tenien dues: la d'ell i la que havien pispat a Hans... Què li passaria a Hans? Què els passaria als altres? Pensava que si no podien disposar dels helicòpters, la partida es posava negra per a la gent de Ti. Pere s'il·lusionava creient-ho així, quan Henry el va fer tocar de peus a terra:

—Em penso que haurem de deixar el camí. Tinc el pressentiment que són molt a prop!

Altra vegada van caure en un silenci pesant i angoixós. Pere tenia ganes de preguntar, però els pensaments s'enfosquiren en fer-se càrrec del que comportaria ensopegar-se amb la gent de Ti en aquells indrets. Seria la guerra... A mort... No estava decidit a deixar-se agafar i tornar a la ciutat subterrània. Ja podien quedar-se els sous fabulosos que li pagaven i que ingressaven a Suïssa! De moment, el que calia era desaparèixer. Va dir:

—Et sembla que ens serà possible d'arribar a Khartum?

—No cal anar tan lluny. Sols que arribem a Mongalla ja n'hi ha prou...

—Mongalla?

—Sí, és una població situada en plena zona *nuer*. Peter, si pots endormiscar-te, t'aconsello que ho facis. Portem moltes hores de cursa. No t'asseguro que aquesta nit puguis dormir en un llit de plomes...

Pere estava una mica estrany. Se sentia apoderat per una gran lassitud. Malgrat la suor que continuava molestant-lo, tenia ganes de tancar els ulls, de deixar-se gronxar pels sotracs que feia el jeep en aquell camí cada vegada més irregular. El vehicle en marxa, Pere saltà del seient del costat del conductor al de darrere, solitari. Es va mig ajeure i aclucà els ulls... De seguida li semblà veure una serp molt gran que se li apropava però que no es decidia a atacar-lo de cara. Ell, llavors, fugia i corria per la muntanya. Els seus peus s'entrebancaven. Quan la serp estava a punt d'atrapar-lo, encara tenia forces per fer un salt que l'allunyava uns metres. Però tant si anava de pressa com a poc a poc, no aconseguia de desenganxar-se d'aquell rèptil que no feia sinó créixer. Era una serp molt, però molt estranya. De vegades, ni cara de serp tenia. Canviava sovint de fesomia.

Ara semblava un cavall i després prenia l'expressió de Ti, aquells ullets malignes, petitons, freds com el glaç. I ell seguia corrent a tota velocitat. La serp l'estalonava i ell feia el cor fort. No aconseguia d'allunyar-se'n. Saltava a grans gambades, se sentia projectat enlaire i després tornava a baixar ben de pressa i xocava amb el terra, però, malgrat tot, corria i corria...

De cop, s'incorporà. Un dels salts tan enormes l'havia fet canviar de postura. Es va trobar ajagut, dalt el jeep, però en mala posició, de cap per avall...

S'havia adormit i aquells salts que feia en somnis eren els reflexos de les sotragades que feia el jeep, que passava per un terreny veritablement difícil...

Va veure davant seu el clatell de Henry, lluent per la suor, però recte, decidit, que responia a la decisió amb què actuava. Esperà a desvetllar-se del tot, mirà enrere, i no va veure la serp enlloc. L'havia somiada! Però pensà que el que portaven al darrere, la gent de Ti, era ben pitjor que qualsevol serp...

Tenia el cap pesat. No se sentia gens espavilat. Esperà una estona més a donar senyals de vida. Tenia els membres entumits. Se sentia espès. Tardà força a reaccionar. En canvi, Henry continuava al volant com si res... Per fi s'incorporà del tot i es deixà caure al seient del costat del negre. Tenia els llavis ressecs i la llengua gruixuda. Sense dir res, agafà la cantimplora i se la portà a la boca. Va fer un parell de glopades només, però se sentí reviure. Va notar la delicadesa del líquid que amorosia les parets de la boca i de la gola, tot filtrant-se avall, cap a l'estómac. Va haver de fer un gran esforç per no tornar-hi, però ara ja estava desvetllat del tot i sabia què calia fer. Deixà la cantimplora al seu lloc i comentà:

—Si no arribo a beure, no sé què m'hauria passat...

—Ja ho crec, ja...

—Que no vols beure, tu?

—Prou que m'agradaria, però sóc com els camells. Puc aguantar, ara...

Van seguir uns minuts de silenci. Pere estava més optimista. Tornava a pensar que potser no valia la pena de córrer tant sense saber del cert si els empaitaven. Però Henry va dir:

—Ja hem passat el migdia. De cara al vespre, hem de començar a fer un pensament...

—Què vols dir?

—Que no podem quedar-nos pel camí, com uns passarells, esperant que ens caiguin al damunt...

—Sí, però...

—El riu queda a la dreta, i és el nostre objectiu... Hem de fer-los creure que hem marxat cap a l'esquerra. I llavors, que ens vagin al darrere amb un flabiol sonant...

Pere comprenia la maniobra, però no entenia com s'arreglarien per fer-los picar... Henry tenia un pla... Feia estona que conduïa més a poc a poc i que mirava molt interessat a banda i banda del camí... Per fi va exclamar, tot assenyalant un indret a la dreta:

—Fugirem per aquí!

Però continuà endavant uns metres més. Pere no ho entenia. De sobte, Henry maniobrà el vehicle i el va fer sortir del camí cap a l'esquerra. Van continuar, molt a poc a poc, per assegurar-se'n. El vehicle lliscava damunt una superfície roquissa. Aviat, però, entrà en un indret on l'herba creixia a gran altura. Henry havia cercat un passatge molt difícil. Precisament, tocant al camí, havia hagut de fer una maniobra per entrar. Així les roderes damunt la pols que cobria la superfície roquissa es reproduïen l'una al costat de l'altra. Al cap d'uns metres de ser entre les herbes, colgats materialment, va dir:

—Ara farem la nostra jugada!

Aturà el vehicle. Empunyà la seva llança i, amb la pistola a punt d'intervenir, s'endinsà a peu entre l'herba. Van passar uns segons llarguíssims. Henry s'havia fet fonedís. Però tornà de seguida. Portava la roba esquinçada i feia cara d'estar content. Abans de pujar al jeep va descargolar altra vegada la llança i en va treure un ganivet molt llarg i prim. Era com un punyal, però molt estrany.

Pere el contemplà com tallava grans manats d'herba. Els carregà al jeep. Llavors hi pujà, engegà el motor i féu marxa enrere...

—Tu, Peter, vigila la maniobra. No ens clavem contra un arbre! Cal que ara passi per damunt les roderes que he deixat abans, si és possible.

Pere dirigia la maniobra. Era tan estret el pas, que per força les roderes havien de confondre's. De seguida van tornar a ser al costat del camí. Henry feia anar el cotxe molt a poc a poc, de manera que pogués rectificar en tot moment un fals moviment. Així, amb paciència, les roderes van coincidir gairebé del tot. El cotxe seguia fent marxa enrere.

Al cap d'uns moments van ser al costat del lloc per on Henry havia dit que havien de fugir. Frenà. Des del cotxe mateix va llançar uns quants grapats d'herba per terra. Quan van formar una mena d'estora, saltà del vehicle i s'hi posà dempeus. Pere començava a comprendre. Li donà, del jeep estant, l'herba que quedava. Així van cobrir el camí que separava el vehicle de l'espessa vegetació que barrava l'entrada de la jungla a la dreta del camí. Un cop allí, Henry inspeccionà el terreny. Havia encertat el lloc! Tornà cap al jeep. Pujà i engegà el motor. El vehicle tombà cap a la dreta, i les quatre rodes passaren damunt l'herba que hi havia escampada per terra. Després penetraren en la frondosa vegetació que limitava el camí. Encara van continuar endins, a poc a poc. No trobaven cap obstacle. Se sentien coberts gairebé d'herba, però el terra, que feia un lleuger pendent, els oferia força seguretat. Quan havien fet una mica de camí, Henry frenà i tornà a saltar.

—Vine, ajuda'm!

Van tornar al camí. Seguint sempre damunt l'herba, arribaren a les roderes que havia deixat el vehicle damunt la pols. Van recollir l'herba que havia fet d'estora. Amb la mateixa herba esborraren els lleus senyals que havien quedat, malgrat les precaucions. Van comprovar que ningú no hauria pogut creure que s'hi havien entaforat. Van estar uns minuts redreçant l'herba que creixia al costat del camí i que el pas del jeep havia inclinat. De seguida van tornar tots dos cap al vehicle. Hi pujaren de seguida. Henry va dir:

—Ara condueix tu!

—Però si ara és molt més difícil. No s'hi veu gens!

—Per això t'ho dic... Jo m'enfilaré davant teu i et guiaré...

En efecte, Henry saltà davant, damunt el motor, i s'estigué una estona dret, agafant-se com va poder i separant el sotabosc amb el punyal. La vegetació era tan espessa que es feia molt difícil saber què hi havia a un pam del nas. El perill de xocar, però, quedava reduït per la vigilància de Henry i també per la lentitud amb què Pere feia anar el jeep.

S'aturaren i van aixecar la vela. Es van reunir tots dos dins la cabina de davant. Allí van quedar completament a recer, però hi feia molta calor. No quedava cap obertura, ja que les mateixes finestres eren cobertes amb un plàstic transparent. Van canviar impressions una estona, mentre el vehicle reposava.

Des que havien sortit de la reserva de feres, Henry portava la veu cantant. Havia demostrat una gran decisió, i sabia a cada moment què calia fer. A més, es trobaven en un terreny que, malgrat ser-li desconegut, tenia totes les característiques del que l'havia vist néixer i créixer. Pere hi confiava plenament. S'havia abandonat a la direcció de l'altre. Hi feia una mica aquell temperament seu. A can Ti només l'havia obsessionat la idea de fugir. Per aconseguir-ho, s'havia trencat la closca traçant mil i un plans, fins que la presència de Henry li havia suggerit la fuga que, fins aquell moment, no es podia dir que anés malament... Ara, un cop lluny de Ti, ja no tenia cap més aspiració que deixar-se portar. Henry dirigia, i ell, encantat de la vida... També hi feia una mica, potser, que no es trobava gaire bé. Després de viure aquell temps sota terra, amb una temperatura ideal, aquella calor el turmentava. Patia molta set. Pel seu gust, ja s'hauria empassat tres o quatre cantimplores. Tenia els ulls pesants, amb ganes de tancar-los, de dormir, de reposar, i, en canvi, assistia a una desfilada de paisatges polsosos, amb presències secretes d'animals perillosos, grans i petits, amb l'esperit que hauria hagut d'estar alerta, a punt de qualsevol eventualitat... No es trobava bé. No sabia què era el que no funcionava, però era més aviat el seu estat general, una mica deprimit, cansat... En canvi, Henry era en el seu element... Semblava incansable. Es bellugava, s'enfilava, actuava com si no existís aquell sol, com si no tingués por de cap de les bèsties que podien sorgir bruscament davant d'ells. I, sobretot, pensava. Era una màquina de pensar. Trobava solució a tots els problemes. Pere, per aquest motiu, encara s'abandonava més. Es limitava a ser un comparsa. I desitjava tenir ànims per continuar-ho essent tant de temps com convingués, encara que tenia obscurs pressentiments. Henry no parava:

—Tu et quedaràs aquí, ara... Jo aniré a vigilar el camí. Menja, mentrestant. Tornaré de seguida...

—Què vols fer, al camí?

—No, al camí no penso sortir-hi... M'estaré amagat, dalt d'un arbre, vigilant una estona... Em preocupa, aquesta gent... Tu, dina i estigues a punt. Si t'atacava algun animal, no disparis només que en un cas desesperat. No ens convé atreure l'atenció...

Pere feia que sí a tot, amb el cap. L'altre va obrir la porta del jeep i anava a saltar. Es va fer enrere. Tornà a entrar i a tancar.

—No sabem què ens pot passar. Ens juguem la vida a cada pas que fem, i també ens la juguem si ens estem quiets...

Va treure el mapa que portava dins el tub de la llança. El va estendre damunt els genolls. Assenyalà l'hipotètic emplaçament de la reserva d'on havien fugit:

—Recorda allò que dèiem ahir al vespre: la Ciutat de Ti pot ser a més de set-cents quilòmetres al nord del parc...

Recorda aquests noms: Kodok, Tonga i Malakal. Si no torno o si, en un moment donat, ens hem de separar, si aconsegueixes arribar a Khartum... Bé, això és demanar massa! Vull dir: si aconsegueixes arribar a Mongalla o a posar-te en comunicació amb la policia del Sudan, demana que et portin a la presència de la Tercera Secció. Allí podràs parlar clar. Ho explicaràs tot. Digue'ls el meu nom, Henry Balua, i tota la resta, entesos?

—Tot el que vulguis, Henry, però si tu no arribes a Mongalla, com vols que hi arribi jo? Pressento que aquesta naturalesa em destruirà d'un moment a l'altre... No et refiïs de mi, creu-me...

Hauria volgut dir que no es trobava bé, però li ho impedí una mena de vergonya. No volia ser una nosa. S'aguantaria. Era fort. Es podia refer d'un moment a l'altre... Va fer un somriure:

—Bé, de tot això ja en parlarem després, perquè pobre de tu que guillis!

Henry tornà al cap d'un parell d'hores. Portava notícies. Va obrir la porta, i anava a parlar, però callà. Pere jeia, de costat, i tenia els ulls tancats i la boca oberta. Respirava feixugament. De tant en tant, deia alguna paraula sense sentit. La suor li regalimava pel front. Henry hauria volgut despertar-lo, parlar-hi una estona, explicar-li el seu pla, però ja s'havia adonat abans que Pere no rutllava gaire bé. Es va dir que una estona de repòs no els aniria malament. Tenia gana. Obrí la motxilla i s'empassà uns trossos de formatge. Destapà, sense fer soroll, una llauna de carn en conserva i se la menjà amb l'ajuda d'un ganivet. Després, s'assegurà que les portes fossin ben tancades i s'estirà a la part de darrere. Feia molta calor.

Va començar a passar revista als esdeveniments d'aquelles darreres hores, i arribà a conclusions que no eren del tot pessimistes. Era millor tenir davant seu tant de camp per córrer, que no restar indefinidament soterrats, convertits en esclaus, a la Ciutat de Ti.

Es va endormiscar una mica. Aquella quietud convidava a reposar. No estava gens còmode, però no hi havia res millor. Repenjà el cap en un racó del jeep, i els pensaments començaren a ser més aviat fantàstics, espaiats, sense connexió. I, al cap d'uns moments, no res.

El va despertar, unes hores més tard, un crit que brollà allà mateix. Es va incorporar i topà amb el cap contra el sostre. Havia estat Pere qui havia cridat. Estava excitat.

—Tu, Henry! Mira, mira què m'ha passat! M'he despertat. He mirat davant meu. Hi havia uns ulls que ens observaven. Semblaven de persona. Lluents...

—Alguna bestiola, oi?

—Sí. La cara era tota peluda i tenia un morro punxegut. Però m'he espantat. No pensava en res. No sabia gairebé on era. De sobte, en fer-me càrrec de la meva situació (tinc els ronyons baldats per la posició en què m'he adormit), he vist aquell cap, aquells ulls... M'he espantat!

—Però la bèstia també s'ha espantat. Ara ho deu explicar als seus amics... Tots deuen estar la mar de preocupats pensant en l'estrany animal que ha entrat als seus dominis...

—Vols dir que s'ho expliquen això, els animals?

—I tant! De què vols que parlin, doncs?

Pere somrigué. Tenia bocassa. Va agafar la cantimplora. Begué un glopet. La passà a Henry. Aquest l'imità. Pere estava més animat. La dormida li havia anat més aviat bé. De mica en mica refeia les seves idees. Llavors recordà:

—Vinga, Henry, explica'm com ha anat l'excursió...

—Els he vist...

—On? Pel camí?

—Sí...

4

S'organitza la persecució

Els set homes que Ti havia disposat que tripularien els camions i que havien marxat en un jeep en començar a moure's l'expedició de caça, no van tenir gaires dificultats per desfer-se dels vigilants que hi havia en una de les entrades de la reserva, i que ben poca resistència podien oferir-los gràcies al licor que els havia subministrat l'agent que tenien al parc. Els havien lligat de manera que no poguessin destorbar i, sense preocupacions, s'havien apoderat dels sis camions.

Eren uns vehicles fabricats especialment per al transport d'animals de mides considerables. L'interior era disposat en forma de gàbies i servien per transportar els animals que el govern del país decidia.

Tot i no trobar obstacles, van tardar a tornar a ser de nou a la clariana amb els sis camions i el jeep amb què havien marxat: havien passat unes hores.

No podien esperar què trobarien. De moment, no s'adonaren de res. Després, els crits de Hans, lligat a l'arbre, els van sobtar. Van córrer on hi havia el seu company i el cosiren a preguntes. No comprenien què havia passat. Hans s'explicà com va poder. Que era veritat el que deia, no podien dubtarne. El noi estava ferit i tenia un cop al cap que per força li havia fet perdre el coneixement. Aviat es van fer càrrec de la situació; de tot menys que un dels negres hagués participat en la fuga, i encara menys que ho hagués fet en col·laboració amb un dels blancs de la colla. Quan els explicà que el negre entenia l'alemany i que parlava perfectament l'anglès, no s'ho podien empassar. Un negre, un salvatge, un desgraciat que no sabia on tenia la mà dreta? No podia ser! Però insistí tant que arribaren a empassar-s'ho.

Passada la sorpresa, la novetat, va néixer el nerviosisme entre aquells homes. Cap d'ells no volia tenir res a veure amb aquell afer. Tots temien extraordinàriament el seu amo, el maligne Senyor Ti. Tots sabien quin mal geni gastava... A més, hi havia l'aspecte personal de cadascú. Tots estaven compromesos en aquella empresa. Ells, precisament, eren de la vella guàrdia de Ti, els seus homes de confiança: els qui coneixien la situació exacta de la ciutat, els qui manejaven els fils més subtils de la vida a la casa sota la sorra, els qui no podien tornar a la civilització perquè haurien estat perseguits per les seves malifetes d'abans i de després del seu ingrés a l'organització.

Tots, així que passaven els minuts, van començar a mirar malament Hans. Com si Hans, que era l'únic que havia vist actuar els fugitius, fos responsable d'aquella situació. Les preguntes es feren més dures. Ja no era curiositat el que els movia. Eren uns homes que havien estat col·locats en una situació límit i que havien de mirar de sortir-ne de la millor manera possible. De moment, la millor solució era desviar la responsabilitat sobre un altre. Hans era la víctima, doncs.

El cap que dirigia l'expedició —l'altre s'havia quedat amb Ti a la ciutat— va pensar que d'allò ja en parlarien després, que ja hi hauria temps de pensar qui se les carregaria. Que el que calia era actuar de pressa, abans que fos massa tard. Parlà secament: desvià l'atenció de Hans i la va centrar en els fugitius.

—Amb què han marxat? Cap a on han fugit?

Hans explicà el poc que sabia. Ho explicà a la seva manera, tal com havia pensat —mentre rumiava, lligat a l'arbre— que el comprometria menys... Que Peter li havia assenyalat un punt de la boscúria en un moment que els matolls el separaven dels altres jeeps; que en girar el cap havia rebut un cop al clatell que l'havia deixat sense coneixement; que així que l'havia recuperat ja era dins el vehicle, lligat, i que el conduïa el negre, un tal Henry, si havia de dir com l'anomenava Peter; que un cop a la clariana s'havien aturat i l'havien lligat a l'arbre on l'acabaven de trobar.

—Què més?

Continuà informant que els dos homes havien desaparegut pel camí de l'esquerra, però que havien tornat de seguida i s'havien entaforat en els helicòpters, d'on havien sortit aviat no sense haver-hi fet prou soroll...

No el van deixar acabar que ja s'havien precipitat cap als aparells. Només d'apropar-s'hi ja van sentir l'olor del combustible que hi havia escampat per terra. Amb dos crits roncs el cap ordenà que tres de la colla marxessin immediatament amb el jeep en persecució dels fugitius. No s'ho van fer dir dues vegades. Tots tres entraren a la cova on s'havien amagat durant tot el dia i carregaren armes i queviures. S'emportaren, també, una emissora portàtil per enllaçar amb el cap.

Els que quedaren —llevat de Hans, que era fora de combat— inspeccionaren els desperfectes que havien sofert els aparells. De seguida van comprovar que n'hi havia un que no havia rebut gaire.

En la llunyania se sentien, cada vegada més espaiats, els trets dels caçadors. La cacera s'acabava. Al cap d'un parell d'hores, els caçadors ja tornarien a ser allí. Els quatre que reparaven els helicòpters haurien d'haver sortit ja cap a les pistes on els caçadors havien de deixar les bèsties que calia recollir i carregar als camions mentre durés la narcosi que els haurien produït aquells projectils especials. Però el cap tenia en aquells moments una greu responsabilitat: decidir si havien de continuar la cacera fins a l'últim detall, o negligir-la i dedicar una atenció especial als fugitius. Allò el turmentava. Buscava un culpable en qui descarregar el seu neguit. De bona gana hauria fuetejat el rostre de Hans, però se n'abstingué. Hauria estat perdre temps, i valia més deixar-ho per al criteri superior de Ti. En pensar en Ti va sentir un calfred. I a ell, com a responsable de l'operació, què li faria l'amo? No volia ni pensar-hi!

Sospesà un instant les dues alternatives que tenia... El problema més greu el plantejaven els fugitius. Calia localitzar-los, destruir-los abans que poguessin posar en moviment les forces d'aquells països que, si bé eren reduïdes i poc preparades, sí que eren suficients per destruir els efectius de Ti, o, si més no, de bloquejar la sortida de la casa sota la sorra i dur-hi la mort que la falta de contacte amb l'exterior hi hauria causat. Encara hi havia una altra solució: fugir! Sí, ell tot sol o en companyia d'algú més de confiança. Així que acabés la reparació de l'aparell, podrien pujar-hi i desaparèixer, i deixar els altres amb un pam de nas... Però, on aniria? Hi havia agents de Ti escampats pertot arreu, i les autoritats que els empaitarien...

L'única solució era acabar les dues missions que Ti hauria manat: empaitar els fugitius, desfer-los, i dur a terme la cacera. Fer que Ti, quan s'assabentés del que havia passat, sabés també que tot ja era solucionat. S'encarcarà. Recordà els seus bons temps d'oficial de l'exèrcit nazi —quan tot eren victòries— i pensà que no podria aturar-lo res.

Va manar als dos mecànics més experts que enllestissin l'helicòpter, i ell i l'altre pujaren en dos dels camions. Anaven a posar-se en contacte amb els caçadors. Així que els aconseguiren, va reorganitzar l'expedició. Un jeep amb tres homes va marxar de seguida a col·laborar amb el que ja havia marxat primer a encalçar els fugitius. D'altres caçadors van córrer a la clariana a pilotar els camions que hi havien quedat. Encara podrien omplir cinc camions amb els animals que Ti s'havia compromès a col·locar a mercaders clandestins interessats en l'adquisició d'espècies animals en perill de desaparició que no podien ser comprades a cap país del món.

El cap donava les ordres per grups. No els va convocar tots per informar-los. Únicament explicà què passava a grups reduïts i quan era imprescindible. Així la feina va continuar sense nerviosismes, amb efectivitat. Malgrat haver-se hagut d'apartar dels plans previstos, tot funcionava. Enllestida l'operació de càrrega, engegà els camions a les seves destinacions. Amb els homes que li quedaren i els negres que havien col·laborat a la cacera, es dirigiren a la clariana, on arribaren en començar a clarejar. Havien d'aixecar el vol immediatament per tornar a la Ciutat del Senyor Ti. Era molt perillós quedar-se més estona a la reserva.

Manà que entressin tots a la cova i es dirigí als helicòpters. Un ja estava en condicions de volar. I un altre no tardaria gaire. Però era impossible adobar els altres.

Improvisà unes decisions. L'helicòpter partiria de seguida cap a la casa sota la sorra, amb la major part dels efectius humans. Ell i un parell més acabarien la reparació de l'altre. I els negres... Sí, hi havia un petit problema: què faria amb els negres? Només hi havia una sortida. Ti es posaria furiós quan sabés que els havia perdut, però no tenia més remei que deixar-los. Es quedarien a la reserva. Vius? Sí. Un que n'hi havia de llest ja havia escapat. No calia témer res dels altres.

Contemplà una mica alleujat com l'helicòpter s'allunyava. Va anar a ajudar els altres. Estava tranquil. Creia haver complert el seu deure. Més encara: creia haver-se portat dignament. Però ell mateix intentava enganyar-se. Tot plegat, només havia fet que ajornar la seva trobada amb Ti. Enviar els altres a rebre la primera reacció de l'amo i ell esperar que la cosa se solucionés favorablement. Tornaria amb els trumfos a les mans... Però en un moment de lucidesa hi va veure clar. Llavors va decidir que, així que posés la mà damunt aquell parell que havien intentat prendre'ls el pèl, el seu refinament en el càstig seria terrible.

Va comunicar per ràdio amb els del primer jeep perseguidor i va rebre bones notícies: el camí era dolent, però no tenien pèrdua. Les roderes del cotxe dels fugitius els guiaven. Tot i el retard amb què havien començat, tenien l'avantatge de fer la ruta de dia, i anaven segurament molt més de pressa que no podien haver anat els altres de nit. Se n'alegrà força. Els comunicà que al cap d'uns moments disposaria d'un helicòpter per col·laborar en la persecució, i va tallar amb una frase prou significativa:

—Ja són al cove!

5
Acorralats!

HENRY VA INFORMAR-LO:

—Ja els tenim aquí. Per això t'he deixat dormir. Per no fer soroll amb el motor. Crec que hem d'estar més aviat quiets...

—Com ha anat?

—Feia més d'una hora que m'esperava. Ja em pensava que no vindrien. Però, llavors, els he vist. Són tres homes en un sol jeep. No s'amaguen. Vull dir que se'ls veu despreocupats. No temen fer soroll. Han passat davant meu. Han passat de llarg per l'indret on hem desviat el cotxe. He continuat al meu observatori, dalt d'un arbre. Al cap de mitja hora han tornat. Parlaven. Miraven les roderes, però ara era més difícil. Les d'ells ja s'havien barrejat amb les nostres. Per fi han trobat la desviació que els hem marcat expressament... S'hi han entaforat amb el jeep... Llavors he tornat...

—Per què no em despertaves i ens llançàvem pendent avall? I si ara vénen?

—No ho crec. M'he estimat més no fer soroll. A més, tinc una idea...

—Què?

Henry meditá una mica abans d'exposar el seu pla.

—Allò dels helicòpters ens va sortir bé, recordes?

—Sí!

—Ara podem repetir-ho amb el jeep d'ells... Els l'inutilitzarem!

—Com?

—Quan sigui fosc, tornarem al camí. Mirarem on paren. Encara es deuen trencar la closca davant el nostre parany... Em jugaria qualsevol cosa que no marxaran d'allí... Hauran trobat trossos de la meva roba, esquinçada... Però no ens trobaran, ni el vehicle, tampoc... Encendran foc, perquè no ens tenen por. Això ens guiarà... M'arrossegaré fins allà on sigui i, mentrestant, tu faràs alguna cosa per distreure'ls. Jo, llavors, els incendiaré el motor... Què et sembla?

—Massa complicat!

—Ho planejarem de manera que no pugui fallar...

—Però com vols que jo els atregui l'atenció, si estic segur que així que tregui el cap ja hi haurà cent animals disposats a cruspir-se'm?

—Potser no caldrà que et moguis d'aquí... Podem quedar a una hora determinada i llavors tu dispares uns quants trets seguits. Això els distraurà...

—I els tindré aquí al cap de deu minuts!

—No, perquè jo els hauré fet saltar el cotxe! En sentir l'explosió tornaran de seguida a lloc...

—Segurament, però...

—Però res! Fixa't! Aquesta gent no tenen idea de com han de moure's per la selva. Els trets, a la nit, els preocuparan. Voldran saber què passa. Sortiran...

—I si queda algú de vigilància?

—No emboliquis la troca. Me'n desempallegaré! Ja ho sé que ens arrisquem molt, però es pitjor tenir-los arran del nas, no poder engegar el motor i veure com la calor, les feres, la set i, aviat, la gana, ens limiten de mala manera fins a fer-nos perdre la partida.

—Si es així, d'acord! Però ja ens podria ajudar algú una mica...

—No te'n refiïs! Per aquests indrets, de vegades, hi ha alguna expedició de *nuer* o *shylluck*... Vés a saber on paren, ara! S'apropa el *jarif*, bé, vull dir l'estació de les pluges... Segurament que tots ja fan els darrers preparatius per encabir-se als poblats... Hem de valer-nos nosaltres dos sols!

Els plàstics de les finestretes eren plens d'insectes. De tant en tant els tranquil·litzava el cant d'algun ocell, ja que això indicava que no s'apropava ningú. Pere se sentia més animat. Tenia ganes de xerrar.

—Ara que podem parlar amb una relativa tranquil·litat, he de preguntar-te com va ser que vas anar a parar a can Ti...

—Devies quedar d'una peça quan em vas sentir... Mira, aquell vespre, a Wadi Halfa, cap dels dos no va parlar clar... Sóc membre de la Tercera Secció... És un nou organisme del govern sudanès que intenta localitzar els casos com el de Ti, que limiten les possibilitats del país... És una mena de servei secret, comprens?

—Sí... Llavors ja em vas explicar alguna de les teves teories...

—Sí. Primer vaig ser a Abu Simbel per localitzar els lladres dels plànols. Vaig fracassar, perquè els passaves tu mateix, sota el meu nas... Però llavors ja havia canviat d'idea. Anava a Wadi Halfa a rebre instruccions. Per això vaig quedar-m'hi quan vas marxar...

—Si haguessis vingut amb mi i haguessis descobert qui era jo i on anava, potser no seriem aquí, ara.

—Tu, potser no, però jo... Jo, sense tu, encara seria a can Ti...

—D'una vegada, explica'm com hi vas anar a parar!

—Primer havia de dir-te quina era la meva feina: observar, investigar... Quan tu ja eres fora, vam traçar un pla. Sabíem que feia temps que passaven coses estranyes... Contraban d'armes, fabricació de *maritza* i, sobretot, tràfic d'esclaus. Això feia temps que durava, però a mesura que podíem controlar les tribus, ens assabentàvem de coses noves... Això dels esclaus ens treia de polleguera. A casa nostra, als nostres propis ulls, algú venia els millors homes de les nostres tribus! Vaig tenir una idea...

—Què vas fer?

—Vam arribar a localitzar algunes de les tribus d'on sortien els homes... M'hi vaig presentar vestit com un altre *nuer*... Sé la seva llengua... Els dirigents havien rebut instruccions. Vam treballar plegats. Ens vam informar de coses... El fetiller de la tribu estava d'acord amb algú i, d'amagat, preparava expedicions amb l'engany que anaven a caçar... Tothom es pensava que anaven amb algun americà... Després, no tornaven... Vaig formar part d'una d'aquelles expedicions. Jo volia veure-ho tot: on anaven, qui i com els traslladava i, finalment, qui els comprava. Llavors hauria estat qüestió d'escapar i d'informar Khartum...

—Ja comprenc...

—La pega va ser que Ti, en lloc de vendre'ns als mercaders àrabs, ens va retenir a la seva ciutat... Per tant, no sé qui són els altres, però, després de tot, vaig anar a parar al rovell de l'ou, al cervell de l'operació... Un sistema perfecte el d'aquell home! Tant de bo aconseguíssim engrapar-lo!

—Serà difícil, oi?

—Si ens surt bé això d'aquesta nit, les coses començaran a arreglar-se.

—Quina impressió et va produir la Ciutat de Ti?

—Què et sembla?

—Reps una sotragada quan la veus per primera vegada... I el meu cas, què? Mira que fer-me venir de tan lluny i després haver-me d'encauar...

—Quan vaig ser-hi vaig veure que m'havia ficat a la gola del llop...

—I els teus companys què n'opinaven?

—Tenien por. Molta... De mica en mica, però, es van ambientar. Estan acostumats a passar fam. Allí, almenys, menjaven. No veien el sol, però tampoc no passaven fred ni calor. El treball es podia suportar. I, sobretot, menjaven... Som fatalistes. Van creure que era inevitable. Van arribar a estar contents d'haver-hi anat a raure!

—És clar...

—Jo intentava, a petites dosis, de fer-los reaccionar, però no enyoraven gaire la llibertat, les coses com siguin. Només es posaven tristos si els parlava de la família, del riu... Ni els mals tractes que en un moment donat els donaven els blancs no els feien reaccionar. Aquell esperit de lluita de la primera nit d'arribada era sols la por de morir. Són pacients. Estan acostumats a l'adversitat. Ens costarà molt de fer-los aixecar, de fer-los prendre consciència de la seva condició d'homes lliures, m'entens?

Van callar uns instants. Pere recordava la seva estada, tan recent, a la Ciutat de Ti, i creia veure-ho molt lluny. Va preguntar:

—Creus possible, si ens en sortim, de fer caure Ti i la seva colla?

—Tu diràs! Si ens en sortim, t'asseguro que no se'ns escaparà!

—I si ho ensuma i fuig?

—Ho lamentaré pel país on vagi a parar, però nosaltres ens haurem tret un bon pes de sobre... Però no crec que tingui temps. Si nosaltres dos tenim sort aquesta nit, t'asseguro que les passarà magres...

Ja feia uns moments que havia començat a fer-se fosc. Henry mirà per la finestreta. Clavà un cop amical a l'espatlla de Pere i li digué:

—Vaig a fer una ullada a aquests passarells. Ja torno...

I va desaparèixer.

Tornà al cap d'una estona. Obrí la porteta, i quan anava a entrar, s'aturà. Se sentia un soroll estrany. Pere també va treure el cap. Era com si les ales d'un ocell gegantí es moguessin damunt els arbres que els tapaven. Van aixecar el cap. No es veia res, però van dir, a la vegada:

—Un helicòpter!

—Estem perduts!

Henry parlà en veu baixa:

—Ara els acabo de veure. Estaven tranquils, els porcs! Ho he vist: tenen un aparell de ràdio. Deuen haver-se comunicat amb els de l'helicòpter. Els han indicat la seva situació...

—Ara no ens podrem moure d'aquí! El teu pla se n'ha anat en orris...

—Sí. Qualsevol intenta distreure'ls i apropar-s'hi, ara! Vés a saber quants són a l'helicòpter! Ho escorcollaran tot... Hem de fugir!

Pere pensà que allò era suïcida, però que més ho hauria estat quedar-se dins el jeep, esperant que els trobessin d'un moment a l'altre o, en el millor dels casos, fonent-se de mica en mica... Va fer el cor fort. Veia la partida perduda, però no volia demostrar-ho.

Van empaquetar el que els era de més valor. Tot plegat pesava força. Havien d'arrossegar les armes i municions, la motxilla amb la teca que els quedava, les cantimplores i la farmaciola amb els medicaments... Amb una mirada de tristesa s'acomiadaren del jeep, que tan fidel els havia estat. Començaren a caminar. Henry havia d'afluixar el pas per no perdre'l de vista. Era ben fosc. Se sentien sorolls que feien posar la pell de gallina. La major part de les feres, però, s'havien allunyat: primer, per la presència del jeep i, després, per la misteriosa i sorollosa aparició aèria de l'helicòpter.

Pere, en silenci, maleïa Ti i la colla. A cada ensopegada, li venien ganes de cridar. Es penedia de no haver calat foc a tots els helicòpters en lloc d'haver-los avariat solament. Ja es veia què havien aconseguit: tot plegat, l'endemà ja tornaven a volar...

Tots els troncs que trepitjava li semblaven serps. Pensar que de cop i volta podia trobar-se pel coll, bufanda mortal, la fredor d'un rèptil, el desencaixava. Continuava botzinant en veu baixa penjaments contra el famós anunci que l'havia embolicat en aquella aventura tan desesperada... En cap moment, però, no va passar-li pel cap de penedir-se d'haver col·laborat amb Henry en aquella fuga. Havia arribat a sentir un odi tan profund per la vida que havia menat a can Ti, que preferia morir abans que tornar-hi. Aquest sentiment de rebel·lió portava ànims al seu cos... Uns ànims que prou falta que li feien...

El front li bullia, però no volia adonar-se'n. No volia pensar que podia tenir febre. Volia anar endavant, trepitjar ferm aquell sol inhòspit, aquella terra que semblava que es vengés d'ell, per haver anat a profanar-la... Henry el conduïa, li assenyalava els indrets més fàcils per passar. S'adonà que Henry, sense ell, ja seria molt més lluny. Veia que era un destorb. Al cap de dues hores de camí, ja estava desfet. Ni esma no tenia de portar-se les mans a la cara i de separar-ne els insectes que el fiblaven... Tenia ganes de jeure, de caure damunt unes fulles, de tancar els ulls i de no obrir-los mai més. Començà a obsessionar-lo la idea que no servia per a res, que Henry s'ho faria millor tot sol. Pensà que potser valdria la pena de quedar-se enrere, de desaparèixer sense que l'altre se n'adonés, encara que sabia que això seria inútil: Henry, tan ferm, el cercaria. Només li hauria fet perdre molt de temps...

La cosa que més el preocupava eren els sorolls que es desvetllaven a mesura que s'endinsaven en la selva. De tant en tant, sentia corredisses. La presència dels dos homes posava en fuga multitud de bestioles que, o descansaven, o es preparaven per caçar i no ser caçades. Pere pensava que quan trobessin un animal prou potent que els plantés cara, tot s'hauria acabat. La lluna, de tant en tant, entremig de les branques, els assenyalava el camí...

Henry s'aturà. Sentí la respiració irregular de Pere i li preguntà si no es trobava bé. Pere va fer una mena de grinyol. Henry li posà la mà al front. Bullia. Eren en una mena de clariana. El negre obrí la farmaciola. Va treure'n unes pastilles de quinina. Va dir:

—Té, mastega-les i beu una mica d'aigua...

S'empassà el medicament i va beure amb avidesa uns glops d'aigua. Suà amb més violència. Murmurà:

—Estic millor. Continuem...

Però Henry buscava una altra cosa. Pere es va esfereir. En silenci, atentament, un animal, un gat enorme, se'ls mirava a punt de saltar. Estirava les potes de davant... Henry, girat d'esquena, no l'havia vist. Pere estava fascinat, no podia obrir la boca... De sobte, la fera s'encarcarà i saltà sobre Henry. D'esma, sense adonar-se del que feia, dirigí cap a la fera la llança de Henry, que aguantava mentre ell buscava. La bèstia els va caure al damunt, però sense atacar-los ja. Quan arribà a terra tenia el cor travessat per la llança.

Henry havia rodolat per terra sota l'impuls del cop. S'aixecà de seguida i li donà la mà. Encaixaren emocionats.

—Gràcies, Peter!

I Pere seguia sense dir res, embadalit. No acabava de fer-se càrrec que havia estat ell qui havia matat aquella bèstia, ni podia treure-li els ulls del damunt. No reaccionà ni quan Henry li clavà l'agulla de les injeccions. Deixava fer. Havia perdut una mica la noció d'on era. Henry li havia posat una bona dosi d'antibiòtic. Potser, així, la febre baixaria...

Caminaren més. De mica en mica, s'espavilava. Henry procurava no forçar el ritme, però tampoc no afluixava. Era qüestió d'arribar al riu. De dia, potser no podrien caminar. Els haurien vist de dalt. Calia prendre precaucions. Havien de triomfar! S'hi jugaven la pell i la tranquil·litat del país.

Devien baixar molt, perquè el pendent era molt pronunciat. Relliscaven. Henry estava content perquè creia que aviat serien al riu. Veia ben clar que Pere anava malament. L'ajudava. L'agafava de la mà quan arribaven a un tros difícil.

Havien tingut molta sort de la lluna, aquelles dues nits! Sense aquesta ajuda, no haurien pogut avançar ni un pas més. En canvi, ara, Henry podia fer-se càrrec de les condicions del país. Malgrat que avançaven a empentes i rodolons, feien camí, de mica en mica. L'indret on havien hagut de deixar el jeep devia ser lluny. Henry desitjava que la gent de Ti continuessin escorcollant pels voltants d'on els havia posat el parany. Si es mantenien allí, incapaços de desfer el misteri de les roderes i del vehicle que es fonia, considerava que podien estar ben satisfets... Naturalment, sempre que Pere resistís!

Aquest passava per estats d'ànim ben diferents. La quinina i l'antibiòtic començaven a fer els seus efectes. El pes que havia sentit al cap, sobre els ulls, disminuïa. Les idees es feien més clares. Però potser encara era pitjor, ja que així s'adonava més del mal pas en què es trobaven. Li convenia reposar, però sabia que no podia ajeure's per terra. S'havia insensibilitzat i les fiblades dels insectes ja no el molestaven com al començament...

Henry hauria volgut poder aturar-se, fer foc... Així, amb la cendra, haurien evitat les molèsties dels mosquits. Recordava els dies de la seva infantesa, quan vivia a la tribu, que sempre es recollien les cendres dels focs que havien cremat durant el dia i les guardaven en pots molt grans fets amb troncs buits. En arribar la nit se n'untaven la cara, els braços i el cos, i podien dormir més tranquils... Però, en aquells moments, hauria estat molt perillós d'aturar-se i fer foc. Haurien atret de seguida l'helicòpter.

El camí continuava baixant. En un moment que Henry afluixà la pressió que exercia sobre el braç de Pere, aquest va fer un pas en fals, relliscà i rodolà pendent avall. Corregué a ajudar-lo. Uns metres més enllà el trobà, ajagut de bocaterrosa. Gemegava.

L'aixecà. Li passà la mà per la cara per treure-li qualsevol animaló que hagués pogut arrapar-se-li. Li tustà l'esquena.

—Peter, amic, com va això?

Pere volia contestar, però no podia. Tenia la boca plena de terra.

—Escup, Peter! Llença la terra...

Ho va fer. De seguida, Henry li passà la cantimplora.

—Glopeja, treu tot el que t'hi hagi entrat...

Henry endevinà que anava a empassar-s'ho. L'agafà pel clatell, li tapà el nas amb l'altra mà i l'obligà a escopir-ho tot. Llavors, tornà a passar-li la cantimplora. S'hi agafà i va beure amb delit.

Tot i que l'aigua ja no tenia bon gust, Pere xuclava àvidament fins que el doll s'estroncà. No en quedava ni una gota. Va retenir l'estri als llavis, esperant en va el miracle.

Només els quedava una altra cantimplora plena. Henry, inconscientment, l'amanyagà. Era la cosa més preciosa que tenien. Llàstima que també s'acabaria... I després, què? Valia més no pensar-hi...

Va agafar Pere altra vegada pel braç, i l'empenyé suaument, sempre avall. Grinyolà en sentir que li agafava el braç. El tenia rígid, encarcarat. Henry el palpà. Pere es queixava. Va dir:

—Et fa mal, aquí?

—Sí, molt de mal!

—Segueix-me. Caminem. Aviat serà de dia. No et preocupis. Tenim prou medicaments per posar bo un regiment! No serà res, t'ho asseguro!

I continuaren avançant, aquí caic i allà m'aixeco... Henry tenia una gana ferotge que li rosegava l'estómac. Es trobava bé. Era en el seu ambient. Estava fet a aquells inconvenients. Però l'exercici, el neguit, havien posat en tensió tots els seus sentits. Estava atent, vigilant i famèlic...

Aprofità una breu parada per posar la mà dins la motxilla. Hi havia un tros d'embotit. Se'l posà a la boca i el mossegà. Era dur. Costava de tallar. En tallà unes rodanxes. De tant en tant, mentre caminaven, n'engolia alguna... Així distreia la gana.

Sentí que també es cansava. Les cames li pesaven. Començà a desitjar que es fes de dia per reposar. Però era un desig inconscient, ja que el que necessitaven era poder allunyar-se molt dels seus perseguidors.

Començà a fer-se de dia. Encara no havien trobat ni rastre del riu. Henry estava neguitós. Mirava enlaire a cada moment. Pere, en canvi, no mirava enlloc. Caminava, perquè la seva resistència era formidable, però ho feia d'esma. Henry volia trobar un refugi on hauria pogut medicar-lo altra vegada. Per fi s'adonà d'un arbre que tenia el brancatge disposat d'una manera favorable. Era fàcil de pujar-hi, ja que les branques arribaven fins a terra i feien d'escala. A més, a uns tres metres del sòl hi havia una mena de plataforma. Allà podrien reposar!

Va sacsejar Pere per fer-li prendre consciència. Obria els ulls.

—Escolta'm, Peter. Pujarem en un arbre. Fixa't, en un arbre. Has de fer un esforç. M'entens?

Pere feia que sí. Començà a pujar. L'ajudava, sempre a punt d'evitar la caiguda. Van ser a lloc de seguida. Henry havia tingut l'ull fi. Era un racó fantàstic! En lloc d'abandonar-se i de posar-se a descansar, deixà Pere instal·lat i, abans de treballar, li va dir:

—Estigues alerta, Peter. Pot ser que ens ataqui alguna bèstia... Vigila!

Li posà a les mans aquell punyal llarg i prim que portava amagat al buit de la llança. Després tornà a terra i començà a tallar branques d'un parell de metres. En va fer una pila. També tallà herba, una mena de falgueres que creixien allí mateix, gegantines. En uns quants viatges ho transportà tot dalt. Allí ho distribuí sobre el brancam. La plataforma que feien les branques d'una manera natural millorà molt amb aquella aportació. Podien ajeure's tots dos, sense que ningú que anés per sota els pogués veure. I també era impossible que els veiessin de dalt, ja que el fullam de l'arbre els cobria de mirades indiscretes.

Un cop van ser tots dos instal·lats, ja era de dia. Allí, i sense moure's, amb un oreig que passava entre les branques, s'estava francament bé... És clar que sabien que més tard faria calor, però, mentrestant, no suaven i se sentien millor. Henry va treure la farmaciola. Passà unes pastilles de quinina a Pere i li manà que les mastegués. Preparà una forta dosi d'antibiòtic i la hi va injectar. Després, abans de donar-li aigua per fer anar avall la quinina, encara li entatxonà unes píndoles de vitamines. Llavors li passà la cantimplora:

—Beu una mica, només... Ens farà falta!

S'adonà que Pere feia tots els moviments amb el braç dret, i que l'esquerre el tenia encongit. Recordà la caiguda. Va decidir de mirar-l'hi. En tombar un moment el cap es trobà amb els ullets maliciosos d'una serp que se'l mirava amb males intencions a molt poca distància. Arrencà el punyal de mans de Pere i amb un lleu i hàbil moviment de la mà partí el cap pla del rèptil en dos trossos. Devia morir a l'acte, perquè ni es va moure més, ni el seu cos es descargolà de la branca on era. Henry pensà que calia allunyar aquella presència enutjosa, però es retingué. Potser si la deixava allí mateix, encara que morta, evitaria que d'altres bèsties s'apropessin. La deixà estar.

Tornà al braç de Pere. Aquest no es deixava treure la camisa. Li feia mal, molt, tot el braç. Va esparracar-li la màniga. Palpà el braç. L'altre gemegà. Hi havia moltes probabilitats que fos trencat.

Amb una estirada brutal aconseguí de posar-lo en posició normal, mentre Pere quedava blanc com la cera. Després, amb una bena, l'hi lligà tan estretament com va poder.

Ja en tenia un d'enllestit... Què calia fer, llavors? Primer de tot, menjar. No podia continuar enganyant l'estómac amb aquells trossets d'embotit. Forfollejà dins la motxilla i en tragué una llauna de carn en conserva. Va destapar-la i procurà engolir-la a poc a poc, per distreure la gana. Aviat, però, ja no en quedava gens... També menjà uns rosegons de pa que tenien tots els gustos... En aquells moments no sabia què hauria donat per un bon plat de patates fregides, i no parlem d'un bon assortit de *kebab* del que servien al Nile Hotel de Wadi Halfa... El pensament anava més lluny i recordava una paella d'arròs a la valenciana que havia menjat en un establiment de Castelldefels, quan feia cursos d'estiu a Barcelona... Tampoc no li hauria anat malament un bon bistec d'antílop o de gasela! De mica en mica, apaivagà la gana amb els escassos recursos de què disposava... Va somriure mentre pensava que la civilització l'havia fet malbé... L'àpat que acabava de fer hauria estat suficient per satisfer tres o quatre homes de qualsevol tribu... En canvi, en tractar amb gent civilitzada, havia agafat mals costums: allò de fer tres àpats diaris era un refinament exagerat... Sabia que als poblats, la gent de la seva raça, quan anaven maldades, no s'atrevien a sacrificar el bestiar. Aguantaven la gana, i l'única concessió que es permetien era de practicar una sagnia a una vaca i beure's la sang... Amb una mica de sang calenta passaven, i l'animal continuava vivint, més feble, però com si res. Sacrificar-lo hauria estat matar la gallina dels ous d'or...

Va mirar la serp que hi havia penjada de la branca i s'imaginà quin gust en devien tenir unes rodanxes a la brasa... S'esgarrifà una mica. Però pitjor seria haver-la de menjar crua, per allò de no poder fer foc...

Pere, al seu costat, dormia profundament. Allunyà amb un cop de mà una aranya que se li passejava pel front. Ell també hauria volgut dormir, llavors. Tancar la parada. Posar aquell rètol de les pel·lícules: «No molesteu», i oblidar-ho tot. Tenia son de debò. Li costava un gran esforç no adormir-se. I més encara si es mantenia en aquella posició, mig ajagut. Però hauria estat una bestiesa sortir d'aquell refugi i bellugar-se. Hauria pogut ser vist. D'altra banda, amb l'exercici, hauria augmentat la gana. Per tant, intentà dominar-se i es dedicà a somiar despert. De tant en tant, clavava una ullada a Pere. Se'l veia més normal, més descansat. Va passar-li la mà pel front i el trobà força bé... El pols era regular. La forta naturalesa de Pere reaccionava amb la medicació que li subministrava. Henry, en pensar-hi, agafà unes pastilles de quinina i se les empassà. Valia la pena de prevenir. Si ell es posava malalt, estaven perduts. Calia que almenys un dels dos estigués en perfectes condicions. La quinina li va fer venir set. Es portà la cantimplora als llavis i s'empassà solament unes gotes. Podia resistir bé.

Es va ajeure del tot. Sobre d'ell, el fullam es movia al compàs de l'oratjol que encara els amanyagava malgrat la presència del sol. Però era una carícia fugissera, perquè aviat tot ja tornava a cremar intensament. Sortosament, serien tot el dia a l'ombra i no rebrien de ple l'alenada furient de l'astre solar.

Van passar un parell d'hores lentes, molt lentes. Pere continuava dormint. Ja anava bé, allò. Com més reposés, més ànims tindria de caminar de nit. Henry continuava despert, rumiant.

De sobte, sentí un soroll que ja li era familiar. Aquell bategar d'ales gegantines... Les maleí. L'helicòpter passejava sobre d'ells. S'incorporà. Avançà fins a l'extrem d'una branca i saltà a una altra. Des d'allí, apartant el fullam, arribà a temps de veure l'aparell que es balancejava suspès a l'aire.

L'helicòpter oferia un blanc fantàstic. Des d'on era hauria pogut posar una bala al costat del motor. Potser l'hauria fet caure, però... si els tripulants no morien amb la caiguda, ell i Pere haurien begut oli. No. Els deixà estar. Que vigilessin tant com volguessin... El brancam els resguardava. I com més fressa movia l'aparell en aquella zona, més allunyava les feres. Que s'hi estiguessin tant com volguessin, allà al damunt, aquells brètols! Ells dos, sota, tranquils...

Tornà al costat de Pere. Aquest semblava feliç. Dormia...

Van passar unes hores més. Henry estava neguitós. Hauria volgut bellugar-se per distreure les ganes que tenia de dormir, però no podia allunyar-se de Pere, ni podia ajeure's si no volia endormiscar-se.

Més tard del migdia, Pere es desvetllà. Intentà incorporar-se sobre el braç esquerre i va fer un gemec.

—Bufa! Em sembla que m'he trencat el braç!

I Henry va somriure-li:

—Em sembla que sí... Com et trobes?

Pere estava una mica revifat:

—Meravellosament malament... —i després continuà—: Què et sembla? Em pesa una tona aquest braç...

—I el cap?

—No tant... Estic millor. Què ha passat? He somiat que em portaves agafat de la maneta, bon minyó, jo, i que queia, i que liquidava una mena de lleopard, que em posaves una injecció i no sé quantes bestieses més... És cert, això?

—Més o menys, sí... Però has clapat com un faraó! Et veus amb cor de fer la guàrdia, tu?

—És clar que sí!

—Si hi ha cap novetat, em despertes. Amb el braç així no pots fer gran cosa...

—Tu, Henry, i aquesta serp que hi ha penjada, és la decoració?

—L'he deixada per veure si espanta els elefants...

—Em sembla que me la menjaré. Em recorda una anguila que vaig pescar al Ter una vegada...

—No parlis de coses de menjar! Adéu, a veure si l'estómac reposa...

I Pere quedà orfe de la companyia de Henry, ja que aquest, mig minut més tard, ja dormia profundament. A Pere, el braç li feia mal, però, en general, es trobava més bé. Va prendre més pastilles de quinina i més vitamines. S'ho empassà amb un glopet d'aigua. També va menjar una mica.

Aviat, després de la marxa de l'helicòpter, van tornar a sentir-se tots els sorolls de la selva. Pere se sorprenia que aquells xerics que feien els ocells no despertessin Henry, però no pensava que ell mateix, aquell matí, no havia sentit res de tot allò.

Uns micos saltaven d'arbre en arbre i se'ls miraven de lluny, xafarders. Els va fer ganyotes. Semblava que l'entenguessin, perquè feien grans escarafalls. Uns ocellots malignes, voltors potser, volaven majestuosament. Pere no ho sabia, però seguien els passos dels lleopards. Els interessava poder-se precipitar damunt les restes dels pobres mandrils que queien sota les urpes dels felins...

Procurava no pensar, no omplir-se de cabòries. Volia ser optimista. Sabia que Henry vetllava per ell i que podia refiar-se'n. Però per més que volia, no podia aturar una sèrie de pensaments que tots començaven igualment: «Si sortim bé d'aquesta...». «Si sortim bé d'aquesta, no em veuran mai més el pèl a l'Àfrica... Si sortim bé d'aquesta, no em barallaré mai més amb ningú: deixaré dir i fer; ara ja cap ofensa no pot ser imperdonable... Si sortim bé d'aquesta, canviaré de caràcter... Si sortim bé d'aquesta, quan arribi a Barcelona m'amorraré a la font de Canaletes i no me'n mouré mai més... Si sortim bé d'aquesta, em deixaré d'aventures i imitaré el meu germà: aniré a toc d'esquella i em conformaré amb el que em donin... Si sortim bé d'aquesta...». Això, això era el cas més difícil: sortir-ne bé!

Les hores passaven. Va notar que tornava a tenir febre. Va treure l'estoig de les injeccions. Trobà l'agulla. Anava amb molt de compte, ja que només podia utilitzar el braç i la mà drets. No hauria volgut trabucar l'estoig, que era ple d'alcohol desinfectant. S'abaixà els pantalons. Es va mig ajeure sobre la banda esquerra. Dubtà uns segons. Mai no s'havia clavat una injecció, ell mateix. Sabia que la punxada no tenia cap importància, i més després de tot el que estava passant, però li costava decidir-se. Va tancar els ulls i avançà la mà amb força. L'agulla penetrà fàcilment tot i la contracció de la seva carn. Després, el líquid s'introduí en pocs instants. Va desar l'agulla a l'estoig i es disposà a veure si la injecció feia efectes ràpids.

6

Henry juga a cara o creu

De mica en mica s'abaltí, i oblidà que vigilava. Sortosament, Henry despertà de seguida. Se sentia en plena forma. El descans l'havia deixat de primera. S'adonà de seguida, només amb un cop d'ull, que Pere feia aigües. Li tocà el front: bullia. Va fer acció de buscar l'estoig de les injeccions, però Pere digué:

—No, Henry, no... Fa poc que ho he fet jo mateix... Deixa'm reposar una estona. Si puc aclucar els ulls un moment, tot, tot anirà millor...

I Henry el deixà fer. Potser calia esperar que la injecció fes efecte. Pere no era un habitual dels antibiòtics, i ja se sabia que així els resultats eren més ràpids. Es decidí a esperar una mica, per deixar que Pere reposés i perquè acabés de fer-se de nit. Reflexionà. Feia vint-i-quatre hores que havien abandonat el jeep per llançar-se a l'aventura. Ara deixarien enrere el refugi de l'arbre... Que els esperava enllà de la nit? On podrien refugiar-se l'endemà al matí, si se'n sortien d'acabar aquell vespre amb vida?

No podia comptar amb gaires probabilitats d'èxit. Rebutjà de cop els pensaments que l'haurien fet posar pessimista i escorcollà la motxilla. Cada vegada minvaven més les provisions. Aviat no quedaria res. Igual que amb l'aigua... Però mentre quedava alguna cosa, bé calia portar carbó a la màquina per fer-la marxar, i més quan es preparava una excursió nocturna de resultat tan incert...

Menjà pausadament. Quan acabà, era de nit. Pere deia alguna cosa. Es tombà i anava a preguntar-li què volia, quan sentí unes paraules sense sentit.

Pere delirava. O somiava en veu alta. Va tocar-li el front. No cremava tant com abans, però Deu n'hi do... Henry no sabia què fer. Calia marxar. Quedar-se equivalia a morir sense lluitar. Havien de fer tots els possibles. Anava a sacsejar-lo, quan despertà.

Pere tenia ganes de parlar. No era un bon símptoma, i més tenint en compte que se n'anava d'una cosa a l'altra... Henry l'ajudà a incorporar-se i a baixar de l'arbre. Tenia el braç inflat. Patia molt.

—...ara he vist el meu germà, saps? No estava gaire per brocs amb mi. Més aviat, sempre li he fet una mica de por... Quan me n'anava de casa, ell respirava... Però avui estava simpàtic... El meu germà m'estima... Tothom m'estima... Tu m'estimes, també, oi?

Henry deia que sí a tot i, mentrestant, l'ajudava a caminar. Esperava, desitjava que la febre de Pere minvés i que prengués consciència del que feia. D'aquella manera no podien anar gaire lluny.

—...fins i tot, crec que Ti també m'estima... Em volia fer creure que jo havia matat un negre, un *shylluck*, saps? Jo m'ho havia empassat, però era de broma... Ha, ha, ha! Que n'és de murri aquell home! I ara ens fa empaitar, però no ens vol mal... Ens ajudarà... Si els trobem, tu, llavors, no t'alarmis... Ja parlaré jo: se'n faran càrrec... Riurem més!

De sobte, va semblar que els seus pensaments es feien més clars.

—Però tu, Henry, em protegiràs! No vull tornar sota la sorra. No, no! No vull tornar-hi! I tu m'ajudaràs... Perquè ets un bon xicot...

Caminaven. Els estats d'ànim de Pere s'alternaven. Tan aviat semblava refiat i ho veia tot de color de rosa, com li agafava una por immensa. Henry patia. S'aturaren en una raconada i, a la llum de la lluna, Henry li clavà altra vegada l'agulla de la injecció. Pere deixava fer dòcilment. No semblava que els medicaments el milloressin gaire, ara. Però resistia. Caminava tant com Henry, però ho feia per intuïció. Si no l'hagués conduït l'altre, hauria donat voltes sobre ell mateix fins a no poder més.

Henry respirava amb força. Li havia semblat percebre una sentor d'humitat en la foscor de la nit. S'apropaven al Nil? O bé les pluges, el *jarif*, ja eren allà mateix? Va veure unes cigonyes *abdim* que feien el niu, sense parar, tot i que era de nit. Allò anava bé! El riu devia ser a la vora... I amb el riu, l'esperança: l'aigua, el corrent que portava amunt, cap al nord, cap a Mongalla, cap a Khartum... I animals que eren fàcils de caçar i que eren bons de menjar: ànecs, rogets, ibis... Però no tot serien flors i violes, al riu. Per les vores trobarien els cocodrils marmoris que s'arrossegaven lentament, amb aquells ocellets, els xamerlins, que els netejaven l'esquena de fang i de paràsits, i que els escuraven les dents de deixes alimentàries...

Se sentí encoratjat... Sense adonar-se'n, imprimí més velocitat a la seva cursa. Pere el seguia amb penes i treballs. De sobte, les cames cediren i Pere quedà assegut a terra.

Henry s'ajupí. Pere tenia els ulls tancats i somreia. Va parlar-li:

—Peter, amic... Un esforç més. Ja gairebé som al riu. Ens rentarem la cara... Ens mullarem el cos. Muntarem un altre refugi. Reposarem. Agafarem ànims. Peter, amic, un esforç més.

La lluna tornà a aparèixer entre les fulles, i Henry va veure la cara de Pere. Somreia plàcidament. Semblava que havia arribat a la seva última posició. Ja no volia avançar més. Si Henry l'hagués deixat, s'hauria quedat allí, s'hauria ajagut lentament i la vida li hauria fugit de mica en mica, mentre les formigues, les aranyes, els escorpins, els escarabats, els mosquits i les mosques hi haurien entrat a tota velocitat. Després, les hienes i els corbs haurien fet la resta...

Però Henry, mentre tingués un alè de vida, no havia de permetre-ho. Passà el braç sota l'aixella de l'amic i el carregà amunt. Començà a caminar amb moltes dificultats. Havia d'arrossegar-lo. De mica en mica, però, les cames de Pere van tornar a prendre el ritme de la marxa i el pes ja no va ser tan feixuc.

Però Henry anava massa carregat. Allò no podia durar gaire. Portava la motxilla a l'esquena; les cartutxeres, un fusell en bandolera; la llança... I, per postres, arrossegava els vuitanta quilos que Pere, malgrat tot, encara devia pesar...

Allò no podia durar. Ho sabia, però no volia pensar-hi. La humitat s'accentuava. El riu devia ser a la vora. Havia d'arribar-hi... Havien d'arribar-hi!

En la nit formaven un sol cos estrany, inversemblant, que es movia maldestrament, fent tentines... Henry sabia que no podia aturar-se: potser ja no hauria pogut tornar a aixecar el cos de l'amic. Calia arribar al riu, calia arribar al riu, calia...

La suor regalimava pel seu front. Era com un ruixat que entrava també als seus ulls i li feia picor. Malgrat la foscor, tot prenia una tonalitat rogenca. I continuaven, continuaven endavant, guiat Henry per aquella sentor d'humitat que creixia...

De sobte, davant seu, a no gaire distància, va veure una claror. Era un foc. No sabia qui l'havia encès... Podia ser gent de Ti... Va recórrer a totes les seves forces. Va prendre una decisió que, per a ell, tenia un caràcter terrible. Era enemic de la violència. Sabia que les guerres ho espatllen tot. Mai no havia tingut ganes de barallar-se amb ningú. Si només s'hagués tractat de la seva vida, potser hauria fet marxa enrere, si hagués comprovat que, en efecte, eren els seus enemics... Però ara no era solament la seva vida el que estava en joc: hi havia la de Pere i la seguretat del seu país: l'acabament del tràfic d'esclaus, l'anul·lació de Ti —símbol del mal—, la desaparició de la *maritza*...

Amb un esforç suprem, quan era a prop del foc, deixà Pere repenjat en un arbre i, amb una pistola en una mà i el fusell en l'altra, s'arrossegà fins a una posició estratègica... Estava disposat a jugar a cara o creu. A la màxima violència. No avisaria. En aquell campament hi havia aigua, menjar, medicaments... Calia obtenir-ho a les bones o a les males... S'apropà lentament. Cada vegada era més a la vora. Aixecà el cap. Observà. Quan va veure quina classe de gent era, va fer un gran crit i corregué endavant, a tota velocitat...

7
El somni

Al voltant de Pere, mentrestant, tot era fosc. Somiava. Era inútil que intentés obrir els ulls, perquè s'havia fet una nit terriblement fosca. Encara que, de vegades, en obrir la porta de la nevera, una nevera blanca, lluent, que es distingia perfectament en la foscor, i en agafar de dins una ampolla de cervesa, glaçada, s'estremia tot ell només de tocar-la. Llavors se sentia feliç. El seu germà li deia que begués cervesa, que era tota per a ell. I Pere estava content. Mai no l'havia vista, aquella nevera a casa del seu germà. Ni aquella casa, tampoc. Era gran, gran i en forma de piràmide. Una casa en forma de piràmide! No sabia que el seu germà tingués aquelles aficions! Com havien progressat! Un dia que estigués d'humor, caldria preguntar-li el sistema de fer-se ric sense passar trifulgues, el sistema de disposar de bitllets verds... Però, de moment, el que calia era beure la cervesa. Algú s'apropava amb l'obridor a la mà. Tothom era tan amable! Tots s'esforçaven a fer-lo feliç... Era un negre el que es brindava a obrir-li l'ampolla de cervesa... Però tots anaven massa a poc a poc. Semblava que no s'adonessin que tenia tanta set. Anava a dir-ho, però ell mateix no s'entenia. Les paraules no li sortien ben formades de la boca. Eren sons aïllats, nous, diferents...

Tenia la boca plena. Què era? Ah! Era la llengua...! Una llengua inflada, inflada... Ja ho havia dit el metge, però un metge estrany, amb la cara pintada, un fetiller de tribu, més aviat... Havia dit que calia beure molta cervesa i molta orxata de xufla per disminuir la inflor. Tenia els llavis ressecs. Era estrany, però, que es trobés tan bé... Semblava que la boca no era seva... I aquell negre, què feia, tanta estona per obrir l'ampolla...? Era Henry, el seu fidel Henry Balua... El recordava, ja ho crec! Una vegada els havien atacat uns animals... Era el seu gran amic i salvador, li oferia l'obridor... Ja era hora! Ja hi tenia la mà al damunt. Aguantava l'ampolla pel coll. No sabia què li feia dir que allò no era cervesa normal. Devia ser cervesa de mill... una especialitat africana... I ell, què tenia a veure amb l'Àfrica? El negre... el negre, és clar! Els negres eren tots africans, menys els que eren aviadors... I eren alts... Era terrible! Una vegada n'havia mort un sense resistència... Ell, Pere Vidal! Però no ho havia volgut fer... Era molt negre i treia bromera pels llavis... Però no era el seu amic, el mort. Era un desconegut que ja el devia haver perdonat, perquè, ben mirat, potser no havia mort del tot. No se sabia mai, sempre hi havia una esperança... Però Henry no acabava encara d'obrir l'ampolla de cervesa. I doncs? Amb una mà tenia l'ampolla pel coll i amb l'altra tenia l'obridor. Ara, ara! Quina expectació. Tothom somreia. Algú picava de mans des d'un helicòpter. Un helicòpter, dins la casa? És clar, si era tan gran... Ell també somreia. Era el premiat. A ell li oferien la cervesa sortida de la nevera... Degotava. Era com una rosa que hagués quedat oberta de nit i, al matí, plena de rosada... Vinga, Henry, afanya't! I s'apropava algú més. El veia de lluny. Feia basarda, aquell home. Tothom havia callat. I ell el coneixia. L'havia vist abans. Sí! Quins ulls! Freds, glaçats, verinosos... S'emportava la cervesa... No! No ho permeteu! No vull que se l'emportin...! Oh, Henry! Per què te l'has deixada agafar? I ara, què havia de fer? Era terrible, terrible, terrible... I la gent ja no somreia. Tothom es movia... Era el

Gran Senyor Ti qui s'havia emportat l'ampolla.. Ti, lladre de cerveses, cara de serp, ullals de llop... I Ti fugia, però tots l'empaitaven. Fins i tot el seu germà. Semblava mentida com corria, però ell no es movia. Estava cansat... I era tot sol al mig del desert, amb un bastonet a la mà. El desert... Un mar de sorra... Solitari... El sol al damunt... I suava, caram, si suava...! Però de vegades un ventet feia posar la pell de gallina... Però caminava com si res... Què feia amb el bastonet? És clar! Clavava cops de bastó a terra. Era la millor manera de saber si, sota, el terra era buit... Així podria trobar Ti, que havia fugit emportant-se la cervesa. Havia de trobar-lo. Encara que hagués de trepitjar tot el desert, de punta a punta... Tot plegat, era gran, però més gran era la seva paciència. No podia deixar-lo escapar. O potser ja se l'hauria beguda, perquè aquell home era capaç de tot...! Estava segur que Ti no hauria tingut temps de beure-se-la. L'empaitava de massa a la vora. A més, la feina que hauria tingut per obrir-la. Perquè Ti se l'havia emportada tapada. No havia tingut temps d'aturar-se, d'obrir-la i de beure-se-la tot corrent! Ell l'estalonava... No podria escapar... I empaitaven Ti i totes les feres del bosc, cocodrils, lleopards... Però la sorra cedia de mica en mica. S'obria, s'havia fet tova. Els peus s'ensorraven. La sorra arribava al turmell, als genolls, a la cintura, al pit, al coll... Només quedaven els ulls a flor de terra. Aviat ja no hi veuria. En la llunyania brillava alguna cosa. Un foc? No. L'ampolla. Ja la tenia! Un pas més i... Oh! La sorra l'acabava d'engolir. Tot s'havia fet fosc novament... Ja no s'hi veia gens. No podia fer un pas més. I davant s'obria de nou la Ciutat de Ti, i hi havia un negre que treia escuma per la boca, com si fos aquella ampolla de cervesa que havia desaparegut...

8

El destí, però, era a l'Àfrica

QUAN PERE TORNÀ A TENIR NOCIÓ DEL QUE PASSAVA AL seu costat, es trobà ajagut en un llit molt blanc, en una cambra també molt blanca. S'estranyà. Va fer un esforç per recordar, però el cap li pesava terriblement. No podia bellugar-lo. I tampoc no podia bellugar el braç esquerre. El tenia empresonat. Intentà aixecar el cap novament, però només aconseguí augmentar les fiblades. Va tancar els ulls. Tornà a dormir.

Així va passar dos dies més.

Després, en tornar a obrir els ulls, ja no s'estranyà de la decoració que el rodejava. Ja l'havia vista abans.

Davant seu tenia unes persones que no coneixia. Parlaven en veu baixa. Tots eren negres. Hi havia dos homes i una noia. Tots vestien de blanc. Se'ls mirà atentament. La noia se li apropà i li passà un drap blanc, humit, pel front. Un dels homes avançà. En un anglès força correcte va dir:

—Va millor, això?

Pere no contestava. Estudiava aquells rostres. No els havia vist mai. Calculava, escorcollava el seu cervell. Va recordar tot allò de la cervesa, però va comprendre que havia estat un somni. Calia anar més enrere, és clar...! Ja ho tenia! La selva! El jeep, el refugi de l'arbre. Les marxes de nit, amb el seu amic Henry Balua. Però després no hi havia res més. No arribava a comprendre com es podia trobar allí, en aquella cambra. Aquelles persones no eren gent de Ti, ho veia ben clar... Qui podien ser? On era? Va dir unes paraules. Ell mateix sentia que sonaven malament. Només deia:

—I Henry? On sóc? I Henry?

L'home l'havia entès. El tranquil·litzà:

—Tot va bé... Henry tornarà aviat... Us vindrà a veure així que arribi...

—No... no m'ho amagueu... Què, què li ha passat?

—No parleu més. Us asseguro que el veureu aviat... Tot va bé. Ens recomanà que us tractéssim bé... Heu de recuperar-vos aviat...

—Què m'ha passat? On va anar?

—Esteu millor... Sou fort, diable! I sort vau tenir dels medicaments que vau prendre, que si no...

Ho recordava tot, ja. Especialment, aquella injecció que s'havia clavat ell mateix. On devia ser Henry? On, on, on...?

Va perdre el coneixement. Al cap d'unes hores tornà en si. Només tenia la noieta negra davant seu. Ella li parlava. Li deia coses dolces segurament, però no l'entenia de res. Ell només sabia preguntar:

—I Henry? I Ti? On sóc?

I la noia li eixugava el front amb un drap blanc, humit, que desprenia una olor agradable que convidava a dormir.

De mica en mica, les estones de lucidesa augmentaren. Va arribar a lligar una conversa sencera amb aquell metge. Així va saber coses... Henry havia vist un foc en la nit, quan ja estava a punt d'esgotar-se. S'hi havia apropat. Temia trobar la gent de Ti, però anava decidit a jugar-s'hi el tot pel tot... Hi havia hagut sort. En lloc de la gent de Ti es tractava d'una expedició *nuer* que tornava de l'última cacera abans de l'arribada del *jarif*... Henry els havia parlat en la seva llengua. Els havia dit que era agent del govern sudanès i els havia demanat ajuda. De moment, els *nuer* s'havien quedat Pere amb ells i l'havien transportat al seu poblat. Ja eren molt a la vora. Hi havien arribat aquell mateix vespre. Hi havia el perill que els trobés la gent de Ti, però s'hi havien exposat... Mentre els negres transportaven Pere a coll, en una llitera improvisada, Henry havia canviat els pellingots que li quedaven del vestit de Hans pel vestuari tradicional dels *nuer*. Llavors, en una *faluca*, junt amb un altre negre, havien remuntat el curs del riu fins a Mongalla. A la tribu, però, havia deixat una informació escrita que un dels negres hauria de portar a Mongalla si al cap de tres dies no s'havia presentat ningú a recollir Pere.

Henry semblava un negre com els altres. I els homes de Ti, que sempre havien menyspreat els seus esclaus, eren incapaços de distingir un negre d'un altre. No l'haurien reconegut tot sol. Henry havia arribat a Mongalla. D'allí havien telegrafiat a Khartum, i l'endemà mateix un avió del govern s'havia presentat a buscar-lo. Arribat a la capital, havia posat de seguida fil a l'agulla. Mentrestant, una altra expedició havia anat al poblat *nuer* a buscar Pere, que era amagat en una cova on els homes de Ti no l'haurien pogut pas descobrir.

Pere es fonia per saber com havia acabat tot, però el metge no en sabia res més. Ell no parava de preguntar:

—I Henry? I Ti? L'han localitzat?

Aviat va tenir la resposta. S'obrí la porta de la cambra i aparegué Henry. No semblava el mateix que Pere recordava. Havia perdut pes. Estava desfet, la cara estirada i enfonsats els ulls. Però en ells hi havia una guspira que era tot un cant de joia...

Pere no parava de preguntar. Henry se'l mirava, satisfet. Estava cansat. Va dir:

—Tot s'ha acabat, Peter... La Ciutat del Senyor Ti ja no existeix... Deixa'm dormir, ara!

I s'ajagué al llit que hi havia al costal d'on jeia Pere.

Pere, que ja podia incorporar-se, contemplà durant vint hores la dormida de Henry. De tant en tant, la infermera entrava i clavava l'agulla al cos que dormia. Li injectava vitamines... Per fi, l'endemà, quan despertà, Henry era un home diferent del dia abans. Sortí d'un bot al passadís i demanà la infermera. La noia es presentà de seguida. Henry feia bellugar els llavis d'una manera especial:

—Mira, noia, mana que em preparin immediatament el tiberi més sensacional que mai s'hagi servit en aquesta casa!

I quan la noia sortí, s'assegué al llit de Pere. Començà a parlar:

—Ja saps que tots dos vam arribar aquí en avió. Jo vaig ferho abans que tu. Calia demanar ajuda i explicar què passava. Després et van anar a buscar. De seguida vaig posar-me en contacte amb el govern. Gairebé no em creien! Es pensaven que el sol m'havia pujat al cap. A més, jo feia una pinta que no m'afavoria gens. Estava desfet. Encara sort que havia dormit a l'avió... Van intervenir els de la Tercera Secció i van començar a fer-me cas. Sobre el mapa, vam estudiar on devia ser la Ciutat de Ti... Tota l'aviació sudanesa (no et pensis, poca cosa tot plegat) es posà a punt de marxa. A més, expedicions de jeeps començaren a patrullar pel desert, junt amb destacaments de regiments muntats a camell... A can Ti les coses no rutllaven. L'home, embogit pel fracàs de l'operació de les bèsties i per la nostra fugida, va cometre uns quants errors. Amenaçà de fugir ell i quatre dels seus fidels, i de destruir les avionetes i els jeeps. Així, els qui havien fracassat haurien de quedar-se a la casa del desert a fer malves... Hi va haver una revolta... Tots n'estaven tips. Ningú no volia morir com un gos allà sota... L'home no havia previst aquella reacció. Hi va haver un combat. La gent se li girà d'esquena. Es trobà amb cinc o sis més contra tothom. Ell i els seus es van haver de refugiar a la ciutat vella, on es feia construir la tomba... Va encertar el vell Ti! En tancar-se allí dins, les coses havien d'arribar a un final previst. Segurament es va pensar que els altres, sense ell, no es veurien amb cor de fer funcionar les instal·lacions de l'aire condicionat i de l'aigua i no tindrien més remei que demanar-los ajuda a ell i als tècnics que li eren fidels... Però hi havia els ànims massa excitats. La gent ja en tenia prou. Veien que tenien alguna possibilitat de fugir. Potser es pensaven que, si lliuraven Ti a la justícia, ells no se les carregarien gaire. Molts estaven lligats a Ti per un document semblant a aquell teu. L'hora de Ti havia acabat. Hi va haver una lluita aferrissada. Ti i els seus es defensaven a trets a través de l'obertura que separava la ciutat nova de la vella... Sigui per les explosions dels trets, sigui perquè les obres que es feien a la part vella deixaven un punt feble a les parets, el cas es que hi va haver una esllavissada que colgà Ti i els qui l'acompanyaven. Els altres, esverats, tement que la terra els cauria també al damunt, van llançar-se cap a la sortida. A peu, amb jeep, amb les avionetes... Obriren la porta... Poc després s'ensorrava tot... Nosaltres havíem muntat vigilància per aquella zona i no ens va ser difícil de caure'ls al damunt... Es van lliurar sense resistència... Tots tenien ganes de sortir d'aquella presó, encara que no fos sinó per anar a parar a una altra... Ningú no havia gosat dirho abans, però, llevat dels nazis de la primera època, tots els sobrevinguts n'estaven tips.

—I Hans?

—És un d'aquests... Va tenir sort de la revolta, perquè Ti li havia dit que el penjaria, ja que, segons ell, era el culpable de la nostra fugida...

—Que els passarà, ara?

—No gran cosa... Els pitjors han mort, ja. Els que han quedat no deixen de ser uns infeliços... A més, tenim una idea...

—Què?

—Els deixarem en llibertat si accedeixen a quedar-se aquí, a treballar... La majoria són tècnics. Hi ha feina per a tots... És una manera de liquidar el deute que han contret amb nosaltres... Què et sembla?

Pere preguntà finalment:

—I a mi, què em fareu?

—Ja ho he pensat... Et deixarem escollir: o tornar al teu país, a barallar-te amb la família, o quedar-te aquí i col·laborar amb mi a la Tercera Secció... Què t'estimes més?

Pere es deixà caure sobre el coixí. Dintre seu hi havia una idea de reparació. Volia desfer d'una vegada el sentiment de culpabilitat que arrossegava des de feia tant de temps... Henry no parlava de càstigs. Demanava ajuda. Li oferia una bona oportunitat. Preguntà:

—Estàs segur que Ti ha quedat enterrat dins la ciutat?

—Ja ho crec!

—Si és així, em quedo...! A més, què faries sense mi? Ah, però amb una condició...

—Quina?

—Que ens dediquem a feines més senzilletes... Res d'elefants ni d'hipopòtams, ni de curses per la selva, ni cocodrils, ni traficants d'esclaus...

Henry el deixava dir. Feia que sí amb el cap, però gairebé no l'escoltava. Així que es recuperessin, caldria marxar ben aviat cap a la frontera amb Abissínia. Se suposava que uns americans hi havien establert un negoci poc clar... Tenien tota la població terroritzada. Sí, caldria fer-hi una ullada...

Barcelona, estiu del 1964